Tucholsky Wagner Zola Sc... Sydow Freud Schlegel
Turgenev Wallace Fonatne
Twain Walther von der Vogelweide Fouqué Friedrich II. von Preußen
Weber Freiligrath
Kant Ernst Frey
Fechner Fichte Weiße Rose von Fallersleben Richthofen Frommel
Hölderlin
Engels Fielding Eichendorff Tacitus Dumas
Fehrs Faber Flaubert
Eliasberg Ebner Eschenbach
Feuerbach Maximilian I. von Habsburg Fock Eliot Zweig
Ewald Vergil
Goethe Elisabeth von Österreich London
Mendelssohn Balzac Shakespeare Dostojewski Ganghofer
Trackl Stevenson Lichtenberg Rathenau Doyle Gjellerup
Mommsen Tolstoi Lenz Hambruch Droste-Hülshoff
Thoma Hanrieder
Dach Verne von Arnim Hägele Hauff Humboldt
Reuter Rousseau Hagen Hauptmann Gautier
Karrillon Garschin
Defoe Hebbel Baudelaire
Damaschke Descartes
Hegel Kussmaul Herder
Wolfram von Eschenbach Dickens Schopenhauer Rilke George
Bronner Darwin Melville Grimm Jerome
Campe Horváth Aristoteles Bebel Proust
Bismarck Vigny Barlach Voltaire Federer Herodot
Gengenbach Heine
Storm Casanova Tersteegen Gilm Grillparzer Georgy
Chamberlain Lessing Langbein Gryphius
Brentano Lafontaine
Strachwitz Claudius Schiller Schilling Kralik Iffland Sokrates
Katharina II. von Rußland Bellamy
Gerstäcker Raabe Gibbon Tschechow
Löns Hesse Hoffmann Gogol Wilde Gleim Vulpius
Luther Heym Hofmannsthal Klee Hölty Morgenstern Goedicke
Roth Heyse Klopstock Homer Kleist
Luxemburg Puschkin Horaz Mörike Musil
Machiavelli La Roche
Navarra Aurel Musset Kierkegaard Kraft Kraus
Lamprecht Kind Kirchhoff Hugo Moltke
Nestroy Marie de France
Laotse Ipsen Liebknecht
Nietzsche Nansen Ringelnatz
von Ossietzky Marx Lassalle Gorki Klett Leibniz
May vom Stein Lawrence Irving
Petalozzi Platon Knigge
Sachs Pückler Michelangelo Kock Kafka
Poe Liebermann Korolenko
de Sade Praetorius Mistral Zetkin

Der Verlag tredition aus Hamburg veröffentlicht in der Reihe **TREDITION CLASSICS** Werke aus mehr als zwei Jahrtausenden. Diese waren zu einem Großteil vergriffen oder nur noch antiquarisch erhältlich.

Symbolfigur für **TREDITION CLASSICS** ist Johannes Gutenberg (1400 — 1468), der Erfinder des Buchdrucks mit Metalllettern und der Druckerpresse.

Mit der Buchreihe **TREDITION CLASSICS** verfolgt tredition das Ziel, tausende Klassiker der Weltliteratur verschiedener Sprachen wieder als gedruckte Bücher aufzulegen – und das weltweit!

Die Buchreihe dient zur Bewahrung der Literatur und Förderung der Kultur. Sie trägt so dazu bei, dass viele tausend Werke nicht in Vergessenheit geraten.

So ist das Leben

Alfred von Hedenstjerna

Impressum

Autor: Alfred von Hedenstjerna
Umschlagkonzept: toepferschumann, Berlin

Verlag: tredition GmbH, Hamburg
ISBN: 978-3-8424-0566-0
Printed in Germany

Rechtlicher Hinweis:
Alle Werke sind nach unserem besten Wissen gemeinfrei und unterliegen damit nicht mehr dem Urheberrecht.

Ziel der TREDITION CLASSICS ist es, tausende deutsch- und fremdsprachige Klassiker wieder in Buchform verfügbar zu machen. Die Werke wurden eingescannt und digitalisiert. Dadurch können etwaige Fehler nicht komplett ausgeschlossen werden. Unsere Kooperationspartner und wir von tredition versuchen, die Werke bestmöglich zu bearbeiten. Sollten Sie trotzdem einen Fehler finden, bitten wir diesen zu entschuldigen. Die Rechtschreibung der Originalausgabe wurde unverändert übernommen. Daher können sich hinsichtlich der Schreibweise Widersprüche zu der heutigen Rechtschreibung ergeben.

Text der Originalausgabe

Alfred af Hedenstjerna

So ist das Leben

Ein neues Geschichtenbuch

Deutsche Original-Ausgabe

Georg Heinrich Meyer Heimatverlag

1900

Der Lebenslauf eines Hundertkronenscheins

I.
Was die Kameraden in dem Bank-Kassengewölbe erzählten.

Meine frühesten Erinnerungen sind ein unentwirrbares Chaos, aber unter ihnen drängt sich immer eine an eine frühere Daseinsform hervor, und ich hörte von einem alten, erfahrenen und weitgereisten Privatbank-Zehner, dem ich in einem Bank-Kassengewölbe in Vesterås begegnete, daß etwas Ähnliches bei den Menschen der Fall zu sein scheine, da ein Teil von ihnen glaubt, daß sie von Stern zu Stern fliegen.

Solch stolze Gedanken habe ich nun nicht, aber da Papier-Scheine aus Lumpen gemacht werden, möchte ich sehr wohl einmal ein feines Brauttuch einer glücklichen Braut gewesen sein.

Nun besinne ich mich aber auf nichts Anderes, als daß ich in der feinsten Abteilung einer »fein-feinen« Papierfabrik des Auslandes die Form bekam, die ich in meiner Jugend hatte, ein reines, schönes und glänzendes Papier wurde und eine lange Reise übers Meer und durch verschiedene Länder machte zu einer großen Druckerei in Stockholm hin, und mit diesen großen, bedeutungsvollen Typen bedruckt wurde, die mir bei den Menschen einen hohen Wert verliehen, der mir noch erhalten ist, obwohl die Buchstaben nun verwischt, meine Ränder lappig und meine Flächen schmutzig und voller Bakterien sind. Ist es nicht merkwürdig, daß ich noch niemals jemand getroffen habe, der im geringsten Scheu gehabt hätte, mich anzufassen, wie fein die Hand auch war, und wie schmutzig ich auch aussah?

Dann machten ich und meine Gefährten eine Fahrt zu der Bank, für die wir gedruckt waren. Da wurden wir von den Direktoren beschrieben und dann in feinen, eleganten Häufchen mit ganz glatten Rändern in das Kassengewölbe der Bank gelegt, in dem man uns einschloß mit tausenden älteren Genossen höheren und niederen Wertes, teils solchen, die noch einigermaßen sauber waren, teils alten, schmierigen mit großen »Eselsohren«.

»Willkommen, meine verehrten Freunde,« näselte vornehm und gnädig ein alter Tausendkronen-Schein und hob huldvoll sein Eselsohr empor, sobald die Thüre des Kassengewölbes ins Schloß gefallen war.

Und dann begann es zu flüstern und zu zischeln ringsum unter den älteren, weitgereisten Kameraden, die ihre Erlebnisse unter den Menschen draußen erzählten.

Wir jungen lagen ganz still und hörten zu.

Ach, welche Lebensbilder entrollten sich da vor uns! Und wieviel Unruhe stifteten wir nicht in der Welt! Fast alles menschliche Trachten und Streben drehte sich um uns! Wir schauderten bisweilen über die Schilderungen der Alten, aber andererseits schwoll auch unser Päckchen, wenn wir hörten, wie wir geliebt und erstrebt waren auf dem ganzen Erdenrund.

»Ich war einer unter hundert meinesgleichen, die einen jungen Mann dem von ihm geliebten Weibe entrissen, das ihn von ganzer Seele wiederliebte,« flüsterte ein ehrwürdiger Tausender und streckte stolz seine Runzeln. »Sie waren acht Jahre verlobt gewesen und begannen ihre kleine Einrichtung zu sammeln und berechneten schon den Tag, an dem sie ein Paar sein würden. Aber dann kam meine Besitzerin mit neunundneunzig Kameraden von mir ihm in den Weg. ›Hunderttausend! Hunderttausend!‹ sang es in seinen Ohren Tag und Nacht, und die arme Braut war vergessen, und meine Besitzerin wurde seine Braut, und ich wurde ihm vom Schwiegervater zur Hochzeitsreise geschenkt.«

»Na, dann wurdest du bei ihm nicht alt.«

»Nein, und meine Kameraden auch nicht. Sieben Jahre später, als ich in der Brieftasche eines reichen Mannes lag, bekam ich plötzlich die Stimme meines einstigen Herrn wieder zu hören. Die Stimme klang zitternd und schwach, und er bat meinen Herrn um eine kleine Unterstützung, denn mit ihm wäre es aus. Und als mein Herr das Portefeuille vornahm und ihm ein paar Zehner gab, sah ich über den Rand der Tasche, wie elend und ärmlich er aussah, obwohl er doch gut bezahlt wurde, als er sich verkaufte.«

»Weiber verkaufen sich noch billiger. Mir sind drei Stück zum Opfer gefallen,« murmelte ein Hunderter.

»Ach ja, dergleichen passiert uns sogar,« sagte selbstbewußt ein zerknitterter Fünfziger.

Da lachte es in der Ecke der Zehner, und einer streckte sich vor und rief:

»Auch ich, so gering ich bin, habe doch ein Weib kaufen können ...«

»Unmöglich, unmöglich,« murmelten die alten großen Scheine, und wir jungen stimmten ihnen bei.

»Es ist doch wahr, aber – sie war ohne Schutz und Heim und allein in der Hauptstadt und hatte vier Tage gehungert, ...« sagte der Zehner.

»Ja, ja, unser Leben ist wechselvoll,« sagte ein alter, schmutziger Fünfziger. »Einmal war ich der Lohn eines Dienstmädchens für die Arbeit eines ganzen Jahres, ein andermal das Trinkgeld einer Kellnerin. Einmal verkauften Mann und Frau für mich ihre Betten, um Brot zur Stillung ihres Hungers und des ihres Kindes zu bekommen, wieder ein andermal bezahlte man mit mir ein Souper im *Tête-à-tête* ...«

»Pfui Teufel, du bist ja blutig,« sagte ein noch ganz sauberer Zehner zu einem andern.

»Ja, ich war einmal der ganze Wochenlohn eines armen Arbeiters,« antwortete der Angeredete, »und als er mit mir auf dem Wege nach Hause war, wo Frau und Kind auf ihn warteten, wurde er von Kameraden in eine Kneipe gelockt, die Karten kamen hervor und ich, von dem eine ganze Familie eine Woche leben sollte, war in der Zeit einer halben Stunde den Händen meines Besitzers entschwunden. Es fielen hitzige Worte, die Messer kamen hervor, und was du da siehst, ist ein Tropfen Blut meines früheren Herrn.«

Wir jungen neuen fanden es betrüblich, daß wir soviel Leid, so großes Elend in der Welt verbreiten sollten, und einer sagte ein paar Worte darüber. Da antwortete ein kleiner, verschrumpelter Fünfer mit verbogenen Ecken:

»Ja, das ist wahr, viel Elend und große Schande bekommen wir zu sehen; aber wir haben keine Schuld daran, sondern nur die Menschen allein. Ich habe viel erlebt. Ein Dienstmädchen stahl mich der

Eigentümerin, die ihm unbedingtes Vertrauen schenkte. Einmal erkaufte jemand für mich und vier meiner Wertgenossen falsches Zeugnis.

»Aber man hat mich auch als Prämie einem kleinen frohen und blondlockigen Knaben gegeben, der strahlenden Auges mit mir zu seinen Eltern heimkehrte. Und einmal, als ich das letzte Geld eines armen Arbeiters war, schenkte er mich einem kranken und noch ärmeren Kameraden, und da war es mir, als sähe ich die Engel lachen.«

»Im Regenwetter bist du auch draußen gewesen, wenn man nach deinem Aussehen schließen soll, du kleiner Schwätzer!« sagte von oben herab der alte, vornehme Tausender.

»Du irrst dich,« erwiderte der Fünfer. »Einmal kam ich zu einer armen Mutter, die unter Hunger und Entbehrungen ihren kleinen Sohn erzog, alles für ihn opferte und ihn liebte, wie nur eine Mutter lieben kann. Die Zeit verging, der Junge wuchs heran und war so weit, daß er mit seiner schwachen Kraft die Mutter stützen konnte, die nahe dem Erliegen war. Er fand Arbeit, griff mit Lust und Freude zu und kam eines Tages jubelnd in ihr armseliges Heim hereingestürmt, indem er mich in der Hand hielt, und gab seiner Mutter seinen ersten Verdienst. Und da fielen Freudenthränen des liebenden Mutterauges auf mich herab! Das sind meine Regentropfen!«

II.
Aus Liebe

Es wurde kälter und kälter in dem Kassengewölbe und war ganz dunkel, wenn die Thüre des Schranks geöffnet wurde. Dann eines Tages kam der Bankdirektor, steif und vornehm, und betrachtete uns neue Scheine und sagte:

»Andersson, nehmen Sie einige von diesen, damit die Leute zu Weihnachten hübsches Geld bekommen können.«

Im selben Augenblick packten die dicken, roten Hände des Bankdieners mich und fünfzig Kollegen, und er trug uns aus der Dämmerung ins Sonnenlicht hinauf auf den Tisch des Kassierers, wo wir Geld klingen hörten und lüsterne Blicke auf uns gerichtet sahen.

Plötzlich richteten sich ein paar hübsche, junge, warme Blicke auf mich, der als oberster in dem Päckchen lag, und eine weiche Frauenstimme sagte:

»Ach, Herr Kassierer, verzeihen Sie, wenn ich Sie bemühe, aber ich möchte so gern einen ganz, ganz neuen, feinen, schönen Hundertkronenschein von diesen hier haben ...«

Und dann zog sie aus der Tasche eine bunte Sammlung verschiedener Geldscheine und Silbergeld.

Der Kassierer lachte und legte mich in eine behandschuhte Damenhand, die vorsichtig und fast achtungsvoll mich in ein Notizbuch steckte, und dann ging es über Straßen und Märkte und Treppen hinauf und durch Thüren hinein, und dann bekam ich zum erstenmal eine behagliche menschliche Wohnung zu sehen. Sie war nur klein und eng, aber strahlend rein und gemütlich. Und niemals hat mich ein Geizhals so zärtlich, wie die junge Frau, angeblickt. Sie strich über mich hin und liebkoste mich, sie drückte ihre frischen, roten Lippen auf die großen Buchstaben in dem »Einhundert« und flüsterte: »Ach, wie ich um deinetwillen mich habe plagen müssen, du kleines Papierstückchen.«

Und dann am Abend wurde es hell in jeder Ecke, und ein Tannenbaum stand im Zimmer, und man sang und spielte von einem Wunderkinde, das in der Weihnachtsnacht geboren sei; und ein junger, glücklicher Mann und ein kleines Mädchen, das nur mühsam aus seinen Beinchen herumwatschelte, weil sie noch so kurz und dick waren, küßten und liebkosten meine Eigentümerin und schlossen sie einmal ums andere in die Arme.

Da wurden Papiere aufgerissen und Siegel erbrochen und gerufen: »Aber, Liebster, wie konntest du wissen ...?« und die Kleine bekam eine Klapper und einen Gummihund, und das Dienstmädchen guckte zur Thüre herein, und der Tannenbaum und all die Lichter strahlten, und alles war voll Glück und Fröhlichkeit.

Da nahm das feine Händchen mich ganz, ganz behutsam aus dem Notizbuch heraus und schob mich still auf dem polierten Tisch mitten vor den Herrn des Hauses hin.

»Alma, was soll das heißen?« rief er und starrte mich ganz erstaunt an.

Da wurde sie glühend rot, und ihr traten die Thränen in die Augen, sie schlang die Arme um seinen Hals und konnte lange nichts reden.

»Liebste, was ist das für ein Schein?«

»Ja ... a ... den habe ich ... für dich zusammengespart ...«

»Aber Alma, was meinst du damit?«

Da schmiegte sie ihr lockiges Köpfchen dicht, dicht an seine Brust und schluchzte hervor, wie es ihr leid gethan habe, daß er nicht die Mittel hatte, das wichtige, große, neue technische Werk zu kaufen, von dem er im vorigen Winter so viel gesprochen hatte ... wie sie darunter gelitten hatte, daß er, um ihr so früh, als möglich, ein eigenes Heim gründen zu können, die Ingenieurstelle bei der kleinen Fabrik angenommen hatte, bei der keine Entwickelung seiner großen technischen Begabung möglich wäre ... wie sie der Gedanke niedergedrückt hätte, daß er der Liebe eine schöne, vielleicht glänzende Zukunft geopfert hatte ... und daher hätte sie ihm wenigstens ...

Er küßte sie schweigend und fragte sie, wie ihr das möglich gewesen wäre? Mit ihrem geringen Wirtschaftsgeld? Konnte sie zaubern?

Da hob sie mich mit der Hand empor, hielt mich gegen das Licht und sagte kosend:

»Aber, Männchen, du begreifst wohl, daß die Hundertkronen erst heute so fein und vornehm aussehen! Der Schein ist in einzelnen Münzen zusammengekommen. Das Meiste habe ich am Wirtschaftsgelde erspart, aber du hast deshalb nichts entbehrt, nicht wahr? Und dann der schrecklich teure Hut im Frühjahr; er existierte nur in der Phantasie meines Männchens! In Wirklichkeit hatte ich mir das alles selbst zurechtgestutzt aus alten Bändern und Blumen. Und dann kann ich ganz nett auf Glas malen, wie du weißt, und habe einiges unterbringen können ... ja, nun schreibst du wohl bereits morgen nach deinem großen technischen Werk? Ach, du weißt gar nicht, was mir das für Freude gemacht hat!«

»Morgen! Nein, ich schreibe noch heut abend! Liebstes, bestes Weibchen, wie soll ich dir nur für all deine Liebe danken!«

Und dann setzte er sich hin und schrieb:

»Liebe Mama! Deine Alma hat heute Abend zu den vielen Beweisen, daß sie das herrlichste, liebevollste und unverständigste Frauchen auf der Erde ist, einen neuen erbracht. Denke Dir! Sie ist ein ganzes Jahr umhergegangen und hat sich geplagt und gespart und auf alles verzichtet und ist wie eine Vogelscheuche angezogen gegangen, wovon ich in meiner Blindheit um ihrer göttlichen Augen willen natürlich nichts gesehen habe. Und warum? Ja, um den beigefügten Schein zusammenzusparen und ihn mir zu etwas zu schenken, was ich einmal dumm genug war, mir in ihrer Gegenwart zu wünschen, was ich aber durchaus nicht brauche und gar nicht mehr haben will.

Aber, Du, liebe Mama, mit Deiner kleinen, kargen Pension, hast so viele Bedürfnisse, die, wie bescheiden sie auch sind, oft unerfüllt bleiben müssen.

Nimm daher den Hundertkronenschein als Weihnachtsgeschenk von der besten der Töchter und der liebevollsten Gattin und empfange meinen wärmsten Herzensdank für den Engel in Frauengestalt, den Du geschenkt hast

                Deinem stets ergebenen Schwiegersohn
                              Wilhelm.«

»Christine!«

»Ja, Herr Ingenieur!«

»Können Sie vielleicht die alte Anna von Portiers heraufrufen, um die Grütze[1] zu rühren, während Sie mit diesem Brief zur alten gnädigen Frau hinlaufen?«

Gewiß, das könnte sie schon.

Und dann wurde ich davongetragen, hinaus in Dunkel und Kälte, Straß' auf, Straß' ab; aber mir schien, es strahlte und leuchtete aus dem Couvert in das Dunkel hinaus von all dem, was ich an Weihnachtsfreude und Liebe gesehen hatte.

---

[1] Meist »rote Grütze«, das skandinavische Weihnachtsessen.

III.
Wie ich meine große Wunde bekam

Ich habe einen großen Riß querüber, von einer Ecke zur andern, der auf der Rückseite mit einem dünnen Streifen Papier zusammengeklebt ist. Obgleich ich den Riß erst in meinem späteren Leben bekam, möchte ich doch jetzt schon erzählen, wie ich so entstellt wurde.

In eiligem Fluge war ich von der alten Dame, die mich als Weihnachtsgeschenk bekam, von Hand zu Hand gewandert, hatte im Kassenschrank im Kontor gelegen, war von einem Grafen zu einem Schlächter und vom Schlächter aufs Land hinaus zu einem Bauern gelangt. Von dort kam ich hinein Ende Oktober nach Stockholm und landete in der Geldtasche eines lustigen jungen Herrn, der noch einen Hundertkronenschein, einen Fünfziger und viele Zehner hatte. Ich erwähne dies, weil es auch lustige junge Herren giebt, die nur einen Fünfer in der Tasche haben.

Mein junger Herr führte ein ziemlich wildes Leben. Er war vom Morgen bis zum Abend und spät in die Nacht hinein unterwegs. Wirtshausleben, in feinsten Restaurants natürlich, Spielpartieen, Soupers mit feinen Damen, die recht wenig anhatten. Der zweite Hunderter ging drauf und auch der Fünfziger, aber es kamen neue an ihre Stelle, so daß er entweder sehr reich war oder auch einen Prinzipal hatte, der sich nicht um sein Geschäft kümmerte. Aber ich war wohl sein rechtmäßiges Eigentum, denn er schlief nachts, wie ich es selten bei jemand gesehen habe.

An einem regnerischen Novemberabend ging er in einer Straße nicht weit von seiner Wohnung auf und ab. Plötzlich machte er einige schnelle Schritte und dann hörte ich:

»Guten Abend! Schauriges Wetter, mein Kindchen!«

»Jo, do häwe Se schon recht, Herrke! Et regnet, dat man keenen trock'nigen Faden uff'm Lif häwt!«

»Und Sie sind doch draußen und promenieren?«

»Jo, wat sull man dohn? Ik goh to de Fru mit det Commischjonscumtor jeden Tag dree Mol un höre, ob se nich e Stell för mi häwt.«

»Ja, ich höre, Sie sind vom Lande her, liebes Mädchen.«

»Jo, von Sunderbruck. Ik reeste am 24. vorigen Monats her, um her Kichenmä'chen bi eene fine Herrschaft to wer'e. Aber se müsse wull g'rod alle gemietet häwe, denn nu lof ik bald dree Woche herum, un keener will mi häwe.«

»Und vielleicht ist inzwischen Ihr Geld ausgegangen, und Sie haben großen Hunger?«

Ihre Stimme zitterte, und es war kaum zu verstehen, was sie antwortete:

»Ich häw sit twee Tog' nischt gegette.«

»O, o, das ist schlimm, Kleine! Da müssen Sie mit mir nach Hause kommen und sehen, wie ich wohne, und mir helfen, ein paar Butterstullen aufzuessen und ...«

»Ville Dank, Herrke, aber da wird nischt d'raus. So, so, er is ooch eener von denne, von die der Harr Paster sprach, als ik mir det Atteste utstellen ließ.«

»So, was sagte der Priestergreis in Sunderbrück?«

»Jo, erst bat er mi, doch bei Dorf-Schulzens to bliwe, wo ik nämlik im Dienst wor, aber dat wollte ik unter keine Bedingnis, und da säggt er, ik möcht mir vor de junge Harre hüte, de vor de Commischsonscumtorer un anderswo uff de Gassen 'rumlungern un mit de Mächen e Gespräch anknüpfe.«

»So – wissen Sie, reden Sie nun keine Dummheiten. Ich werde Sie doch nicht auffressen! Kommen Sie nur!«

»Loote Se mi in Ruh! Schäme Se sich nich?«

Dann flüsterte er einige Worte, die ich nicht verstehen konnte, und holte seine Geldtasche vor und nahm mich heraus.

Sie standen in einem Thorweg, aber eine Gaslaterne warf gerade ihr Licht auf das Mädchen hin. Es war frisch und rein und hatte gutherzigen Ausdruck. Ich habe selten etwas Schöneres gesehen. Nun begriff ich, warum mein junger Herr diesen häßlichen, groben, schlechtsitzenden Mantel verfolgt hatte und warum er nicht vor dem entsetzlichen Dialekt des Mädchens Reißaus nahm.

»Loote Se mi, Herrke!« schluchzte sie beinahe.

»Still ... zum Teufel, was machst du für Geschichten? Da, sieh den! Hast du in Sunderbrück schon so einen gesehen? Siehst du, nun« (er riß mich in zwei Stücke und reichte ihr die eine Hälfte)« nun hast weder du noch ich einen Nutzen von den Stücken. Aber auf dieser Karte steht, wo ich wohne, und Donnerstag um acht Uhr bin ich zu Hause, falls du bereit bist, zu mir zu kommen und die andere Hälfte zu holen und ein reiches Mädel zu werden. Gute Nacht denn!«

Sie lief ihm nach und wollte ihm meine Hälfte zurückgeben.

»Nee, Herrke, höre Se, sein Se doch nich so schlecht.«

Aber er war schon fort.

Sie blickte erschreckt den zerrissenen Schein an, aber schließlich knüpfte sie ihn in die Ecke ihres Taschentuchs ein und wanderte mit langsamen, zögernden Schritten in das »Kommissionsbureau« hinein.

»Lena Jöns? Geben Sie mir Ihre Nummer! 418. Nein, für Lena Jöns giebt es noch keinen Platz ... noch nicht!«

Hungrig und verzweifelt schlich sie davon, zu der elenden Herberge, deren Werber sie am selben Tage abgefangen hatte, da sie nach Stockholm kam. Wenn sie es unterließ zu essen, reichte ihr Geld, vielleicht noch für ein paar Nächte ... fünfundzwanzig ... fünfunddreißig ... fünfundvierzig ... eine halbe Krone.

Und wieder kam ein regnerischer, düsterer Novembertag, und der Hunger plagte sie noch ärger, als früher, aber es gab noch immer keine Stelle für Nr. 418, Lena Jöns. Noch eine Nacht, und dann war es Donnerstag, und dieselbe Antwort im Kontor, und nun wurde es wieder Abend.

Mein junger Besitzer hatte die Zeit gut berechnet. Als es noch fünf Minuten bis acht war, stand Lena auf der Treppe. Und dann schluchzte sie und kehrte wieder um und ging ein Stück die Straße entlang. Aber nun war es fünf Minuten über acht ... vielleicht wartete er nicht länger?... dann mußte sie die Nacht auf der Straße zubringen!...

Noch eine Minute, und sie stand in seinem Zimmer.

»Ah, sieh da! Meine junge Freundin aus Sunderbrück! Na, ich wußte ja ziemlich bestimmt, daß du mich besuchen würdest und habe mich darauf eingerichtet...«

Er öffnete eine Tapetenthür und nahm ein Tablett mit allerhand kalten Sachen und einer Portweinflasche in der Mitte heraus.

»Siehst du, da mein Kind ...«

Mit zitternder Hand band sie ihr schmutziges Taschentuch auf und legte meine eine Hälfte auf den Schreibtisch.

»Ik wollt' ... ik wollt' man nur det hier torückgew'n ... ik will weder det Ganze noch det Halwe, aber wenn de Harr e godes Herz häwe ... ik häw niemals in mine Liwe gebettelt ... ober wenn Se mir e paar Kroner gew'n wolla ut reener Güte to e biske Eten un dann ... un dann mi gohn loote...«

Mein junger Besitzer hatte ein Gefühl des Unbehagens; aber dann sah er das rosige, hübsche Gesicht des Mädchens, sein Blick flammte auf, und er rief lustig:

»Zu Tisch, Fräulein! Auf dein Wohl, schöne ländliche Herbstrose.«

Er warf ihren nassen Mantel auf einen Stuhl, zwang sie auf den Sofa nieder und küßte sie.

Der Duft der Speisen erweckte die tierischen Instinkte in ihr, der Wein berauschte widerstandslos den jungen, frischen, hungernden Körper.

Wie ein hungriger Hund stürzte sie sich über das Essen her, ohne einen Gedanken an anderes, als daß es hier trocken war und Essen gab, und daß sie sich ausruhen durfte... Es war, als wenn warme, belebende Ströme frischen, neuen Blutes ihre Adern durchströmten. Die Not, den Hunger, die Verzweiflung sah sie nur wie durch einen Nebel. Sie hatte ein Gefühl unbeschreiblichen Wohlbehagens und starrte träumend all' die verschiedenen, ihr so fremden Gegenstände in dem eleganten Junggesellen-Zimmer, und den jungen Besitzer derselben, sowie meiner und – ihrer an.

Er begann guter Laune zu werden.

»Na, fühlst du dich nun behaglicher, mein Mädel? Glaub' es wohl! Das zehrt, wenn man so auf den Gassen herumläuft! Aber nun wollen wir erst als alte, verständige Leute die konstanten Einnahmen der Kleinen konsolidieren und den Hunderter zusammenkleistern. O, wie du den zerknittert hast! So, sieh hier ein nettes Heftpflaster auf dem Rücken, und dann hat er wieder seinen Wert unter Menschenkindern.«

Wie er das Gummifläschchen fortstellte, mit dem er mich zusammengeklebt hatte, fiel sein Blick auf eine Kabinetphotographie, die auf einem Schreibtisch stand.

Sie stellte ein junges Mädchen dar, sicherlich wunderbar schön und offenbar noch im ersten jugendfrischen Reiz, aber noch einnehmender durch den Ausdruck von Edelmut und Reinheit, der in jedem ihrer Züge zu Tage trat. Es war, als wenn das Bild Leben hätte, als wollte es aus dem schöngeschnitzten Rahmen heraustreten, als wollten die milden, schönen Augen meinem jungen Besitzer mit einem Blick entgegenstrahlen, der ihm etwas sagen sollte.

Wie die beiden einander ähnlich sahen!

Seinen hübschen Mund umzog ein Lächeln, und seine Stimme bekam einen weichen Klang, als er leise flüsterte: »Schwester Gerda!«

Dann blickte er nach dem Sofa hin.

Das Mädchen schlief.

Die Wärme, der gestillte Hunger, der Wein, die Müdigkeit hatten ihre Augen geschlossen, sie war gegen die Sofalehne zurückgesunken und atmete tief und schwer und schlief wie ein Kind.

Er nahm die Lampe und beleuchtete sie.

Niemals hätte er geglaubt, daß sie so schön war, die Not und Sorgen der letzten Wochen hatten sie magerer gemacht und einen Zug von Wehmut in die früher vielleicht runden und drallen Gesichtszüge gebracht, das hellbraune, glänzende, etwas unordentliche Haar kräuselte sich über einer hohen, wenn auch sonnenverbrannten Stirn, und der Mund war klein, schwellend und rot, gerade wie...

Großer Gott, sie waren sicher beide ganz gleich alt ... sie, die Glückliche, Strahlende, von allen guten Engeln des Familienheims Beschützte, die ihn vom Schreibtisch her anblickte und diese, die er...

Und er entsann sich der Angst, mit der sie ihm den großen, zerrissenen Schein zurückgegeben und ihn um ein paar Kronen zu Brot gebeten hatte, und er fühlte instinktiv, daß auch sie, wenn sie daheim geblieben wäre, in ihrem Geburtsort, bei ihrer Dienstherrschaft, unter Freunden und Bekannten, ebenso rein und unschuldsvoll, wie seine Schwester, geblieben wäre.

Ist es also nicht der Zufall, der unsern Platz im Leben bestimmt? Oder wenn es das nicht ist ... wie dankbar müssen wir sein, wenn ... Barmherziger Gott, ei wenn seine Schwester Gerda...

Ach, was für Dummheiten! Er, der schon soviel auf seinem Gewissen hatte!

Ja, aber das war doch anders! Das hier war gemein! Ein hungriges Wild! Pfui Teufel!

Und dann ging er zum Sofa hin und strich ihr sanft über den Kopf.

Sie blickte mit dem Ausdruck des Schreckens auf:

»Herr Jesses, wo bin ik? Loote Se mi goh'n! Loote Se mi goh'n!«

»Höre, mein Kind, es war vielleicht doch nicht so recht, daß du deinen Dienst bei Dorfschulzens verließest und hierher reistest?«

Große, schwere Thränen liefen an ihren Wangen herab, und sie schluchzte:

»Nee, weeß God, hier wird man ja reene onglücklich, det seh ik nu woll...«

Er zog seinen Überzieher an und fuhr fort:

»Hör' 'nmal ... wie heißt du eigentlich?«

»Lena«.

»Hör' 'nmal, Lena, es ist wohl am besten, du reisest wieder nach Hause nach Sunderbrück und siehst zu, ob der Dorfschulze sich schon ein andres Mädchen genommen hat. Sonst giebt es da wohl auch noch andere Plätze?«

»Ach, Herrjeh, ville, ville ... ober de Iserbohn nimmt eenen nich mit ohne Geld!«

»Das sollst du von mir bekommen. Komm nun mit, dann will ich dir einen guten Ort zeigen, wo du über Nacht bleiben kannst, und morgen früh fährst du nach Hause. Und da« (er raffte eilig und ungeschickt eine ganze Menge von dem Tablett zusammen und wickelte es in eine Zeitung), »da hast du ein wenig Reisefourage, Lenchen!« – –

Eine ganze Weile später kam er allein nach Hause. Da ich auf dem Tisch unter dem Papiermesser lag, konnte ich sehen, daß der Regen ihm ins Gesicht gepeitscht hatte und von seinem Überzieher herablief, aber er schien bei guter Laune zu sein; er nahm das schöne Porträt und küßte es und murmelte:

»Vielen Dank, Schwesterchen!«

IV.
Im Dienst der Barmherzigkeit

Wieder ging es hinaus in das brausende, abwechslungsreiche Leben; oft wechselte ich die Besitzer mehrmals am Tage, oft blieb ich bei demselben mehrere Wochen, aber zu Weihnachtsgeschenken oder bei anderen feierlichen Gelegenheiten wurde ich nicht mehr gebraucht. Da warf man mich beiseite, da war mein Riß und der Papierstreifen im Wege, aber der Riß war mir doch nicht unangenehm, denn er war mir eine ständige Erinnerung an das Gute, was sich unter allen Schlacken in der Menschennatur verbirgt.

Dann kam ich zu einem älteren, sehr ordentlichen Herrn. Ich war mir sogleich darüber klar, daß er sehr wohlhabend sein mußte, denn er hatte immer so drei Stück von meiner Sorte in der Geldtasche und dann noch eine Menge Zehner. Ich entdeckte auch bald aus diesem und jenem im Hause, daß mein Herr eine ganze Menge von den guten Dingen dieser Welt besaß.

Und es war ein gemütlicher und feiner Herr; er sah nicht übel aus und lag auch nicht nachts und stöhnte und wand sich in Gewissensqualen, wie es so mancher meiner früheren Besitzer gethan hatte; niemals kam ein Arzt zu ihm, der seine Brust beklopfte und die Lungen behorchte, und niemals roch es nach der Apotheke im Hause, und eine Menge von meinen Kameraden war vorhanden, das mußte doch ein glücklicher Mann sein?

Aber er war es nicht. Er ging so still umher und nahm seine Geschäfte wahr; er sprach wenig und lachte selten. Er war gewiß allzu viel allein in seinem schönen Hause. Einer seiner wenigen Freunde, die ihn bisweilen besuchten, sagte einmal:

»Du wirst ein alter Hagestolz, Linder. Das geht nicht. Ermuntere dich, verliebe dich, heirate, Kerlchen!«

Es dauerte fast eine Minute, bis mein Herr antwortete, und seine Antwort kam in ernstestem Ton:

»Ja, ich fürchte, daß ich bereits ein alter Hagestolz geworden bin, siehst du. Es war ein hartes Stück Arbeit, bis der arme, kenntnislose Bauernjunge sich ein Vermögen und eine solide Stellung erringen konnte. Während der Zeit hatte ich weder Gelegenheit noch die Mittel, an Anderes zu denken. Und nun bin ich unbeholfen und verlegen in den Kreisen, in die meine jetzigen Verhältnisse mich einmal führen, und die Mädchen da ... ja ... an sie wag' ich mich erst garnicht heran.«

»Ach du Thor! Du brauchst nur deine Hand auszustrecken, und eine ganze Menge...«

»Ja, gewiß, das weiß ich wohl, aber wieviele von ihnen, meinst du, nähmen mich um meinetwillen?«

»Ja ... ja ... hm ... dich, wie einen andern. Das ist das reine Hazardspiel, siehst du!«

War es infolge dieses Gesprächs, oder war mein Herr wirklich nicht so frisch und gesund, wie er aussah, einige Tage später stand er in der Kurliste von Lysekil, einem unserer vornehmsten Kurorte.

Ach, wie freundlich die jungen Damen zu ihm waren, und wie sie sich darum »rissen«, ihn auf Segelpartieen und Ausflüge in die Berge mitzubekommen! Er selbst wurde auch lebenslustiger, und ich hatte schon Furcht, daß er mich einwechseln würde, bevor ich gesehen hatte, wie die Geschichte endigen würde. Aber er hatte sich für den Kuraufenthalt mit acht Stück von meiner Sorte versehen, und ich armer Geflickter lag ganz innen, so daß ich bei allem dabei sein konnte.

Eines Abends wurde es sehr heiß in der Geldtasche auf seiner Brust, und wir hörten sein Herz ungewöhnlich stark klopfen; das kam nur daher, weil ein »Fräulein Greifenschein« nicht fern war. Ich erkannte sie an der Stimme.

»Was soll das bedeuten? Ist er krank?« flüsterte ich einem Kameraden zu.

»O ja, das ist auch eine Art Krankheit – Liebe nennen sie sie!«

Er wurde, als wenn er zehn Jahre jünger geworden wäre, er lief die Berge hinauf, wie ein Junge, und lernte bei einem Fischer ein Segelboot führen. Ich konnte in meiner Tasche Fräulein Greifenschein niemals sehen; aber ich fühlte an seinen Herzschlägen, wenn sie nur in der Nähe war.

Erst waren immer andere Stimmen mit zugegen, wenn die beiden sich trafen; aber später folgten lange, einsame Promenaden den Strandweg entlang, wobei ich nur ihn und sie hörte. Und dann war es, als hätte die Geldtasche auf einem Backofen gelegen. Und die Worte klangen zärtlich, und sie gingen immer dichter neben einander.

Ich wollte sie um jeden Preis sehen! Bei einem Bazar, den das Vergnügungskomitee arrangierte, bot sich dazu Gelegenheit. Sie servierte ihm ein Glas Limonade, und da zog er einen Zehner vor, um damit zu bezahlen. »Jetzt oder nie,« dachte ich und reckte mich heraus, so daß ich sie ein wenig anschauen konnte.

O ja! Das war etwas! Rotes, goldfunkelndes, glänzendes Haar und die herrlichste Haut. Große, blaue, warme Augen und eine stattliche Figur. Gott, wie sie ihn ansah!

»Den ganzen Betrag?«

»Aber natürlich!«

»Danke, Sie sind sich doch immer gleich, Herr Linder!«

Jeder Buchstabe eine Zärtlichkeit!

Diese Nacht schlief er nicht viel. Aber er war fröhlich und summte alle möglichen lustigen Melodieen mit ganz unmöglicher Stimme.

Und er stand die halbe Nacht am offenen Fenster und sprach mit sich selbst und warf Handküsse in die Luft hinaus.

»Jetzt giebt's bald Verlobung,« flüsterte der erfahrene Hundertkronenschein.

Am folgenden Morgen stand er früh auf und eilte den Berg hinauf, leicht und froh, wie ein junger Bursch. Und dort warf er sich hinter einem großen Felsblock in einem Gebüsch nieder. Er hatte aber noch nicht lange gesessen, so hörte man von der anderen Seite des Felsblockes ein Flüstern. Ich erkannte sogleich die Stimmen des Fräulein Greifenschein und ihrer Mutter. Erst richtete er sich ein wenig auf, um sie zu begrüßen, aber dann besann er sich und legte sich wieder hin. Und sein Herz spielte Hammerwerk aus Leibeskräften. Die Damen aber flüsterten:

»Na, hast du Linder nun bald so weit, Nina?«

»Wenn ich will. Er ist ganz furchtbar verliebt, der arme Kerl!«

»Mein armes Mädchen! Solch eine Zukunft hattest du dir auch nicht geträumt! Und der arme Hjalmar...«

»Ja, glaube mir, Mama, ich habe viele Nächte gelegen und geweint, wenn ich an ihn dachte. Aber was soll ich thun? Herumgehen und hinwelken in den langen Jahren des Wartens, um schließlich vielleicht von ihm verlassen zu werden?«

»Mein gutes, verständiges Kind! Na, ich begreife ja, daß Du Linder nicht zugethan sein kannst – aber ist er dir wenigstens nicht zuwider?«

»Hu ... doch...«

»... sodaß dir recht ekelt?«

»Beinahe, Mama ... und wenn dann seine Mutter und seine ganze Bauernfamilie ankommt... Hu! Aber ich habe mich erkundigt, er soll sehr solide sein. Und ich werde ihn kurz halten, und Karls Schulgang und Emmis Pension soll er auch bezahlen...«

***

In seinem Herzen ging kein Hammerwerk mehr, es war, als wenn es völlig still stand, und als er nach einer ganzen Weile aufstand und nach Hause ging, taumelte er, wie ein Betrunkener.

Um sechs Uhr am folgenden Morgen eilte er durch den Park, um, ohne ein Wort des Abschieds für jemand anders, als den Arzt, sich zur nahen Dampfschiffsstation zu begeben.

Da wurde sein Ohr plötzlich von halbersticktem, verzweifeltem Schluchzen getroffen. Er blickte zur Seite und sah zwei in Trauer gekleidete Damen, die sich fest umschlungen hielten, auf einer Bank sitzen.

Gestern früh wäre er an ihnen vorbeigegangen, heute blieb er stehen. Der eigene Schmerz hatte sein Mitgefühl für Leiden geschärft. Halb unbewußt richtete er seine Schritte zu den Damen hin.

»Verzeihen Sie, aber könnte ich Ihnen irgendwie zu Diensten sein?«

»Ach nein. Entschuldigen Sie, daß wir uns hier im Park hingesetzt hatten. Wir gehören nicht zur Kurgesellschaft!«

Und dann wollten sie gehen.

Aber Linder war beharrlich; er ließ sich mit ihnen in ein Gespräch ein – ich hörte die Stimmen einer älteren und einer jüngeren Dame – und nach einem Weilchen wußte er alles, wußte, warum sie so bitterlich geweint hatten: Gatte und Vater wären kürzlich durch dieselbe Krankheit fortgerafft, und nun begänne sie sich deutlich auch bei der Tochter zu zeigen. Ihre letzten Geldmittel hätten sie aufgewendet, um hierher zu reisen und den berühmten Arzt des Kurortes zu befragen, und seine Entscheidung wäre gestern gefallen: ein sechswöchentlicher Aufenthalt hier am Ort und dann mindestens dreimonatliche Ruhe wäre die einzige Hilfe. Wie sollten sie es möglich machen, das durchzuführen? Sie wären die Witwe und die Tochter armer Handwerker, die nichts besäßen und arbeiten müßten, um zu leben! Nun wollten sie nach Hause, um sich zu verbergen, zu arbeiten, zu leiden und zu sterben.

Mein Herr sprach lange und viel mit ihnen. Und als er ausgeredet hatte, nahm er mich und zwei Kameraden von gleichem Wert und drückte sie der Mutter in die Hand.

»Was denken Sie! Das ist unmöglich! Wir können es Ihnen ja niemals abbezahlen.«

»Verweigern Sie nicht einem Unbekannten, Ihnen diesen Dienst zu leisten! Es wird ihm eine Linderung in seinem eignen Schmerz bereiten, dem ... niemand abhelfen kann!«

Das Mädchen weinte, und die Mutter wollte seine Hände küssen.

»So ... so ... na, Gott segne Sie! Leben Sie wohl!«

»Und der Name unsers Wohlthäters?«

Er antwortete ihnen nicht. Mit langen Schritten eilte er davon zur Dampfschiffsstation.

Aber die Frau und die Tochter blieben da. Und die junge, abgezehrte Gestalt richtete sich auf, ihre Augen bekamen Leben, und ihre Wangen wurden rund, noch bevor die Mutter den zweiten von uns dreien gewechselt hatte. Ich brauchte im Kurort garnicht angerührt zu werden, sondern wurde mitgenommen in das kleine Heim in der Dachetage des alten Häuschens in der Hintergasse des Küstenstädtchens; und als ich schließlich eingewechselt wurde und hinauswanderte, um Brot ins Haus zu bringen, war ein junges Leben sicher gerettet, und zwei fleißige Hände in voller Arbeit, und die alte Nähmaschine sang lustig ihr eintöniges: »Stickete ... stickete ... stickete ... stick!«

Es vergingen mehrere Jahre, vielleicht sieben oder acht, und ich erlebte mehr als ein Abenteuer, das ich später erzählen werde. Inzwischen war ich wieder nach Stockholm gekommen und lag, alt und runzelig in dem großen Kassenschrank eines hochfeinen Ladengeschäftes mit Hoflieferantenschild über der Thüre. Es war am Sylvesterabend und klares, frisches Winterwetter und viele Leute im Laden. Der Prinzipal sagte zu einem Kunden: »Ein ganzer Tausendkronen-Schein! Ja, verzeihen Sie, ich weiß nicht, ob wir können ... ja, warten Sie! Eins, zwei,... fünf ... acht... und sechs Zehner... So, bitte sehr! Entschuldigen Sie, der eine Hunderter ist zusammengeklebt, wie ich sehe, aber...«

Ich blickte auf. Der Kunde war Linder, der früher einmal mein Herr gewesen war. Er hatte einen feinen Biberpelz an und einen Brillantring und einen glänzenden Cylinder auf, aber ... o, wie alt und grau und runzelig er in diesen Jahren geworden war!

Während er da so stand und mit seinen mageren, weißen Fingern mich und die Kameraden vom Tische aufnahm und in seine Geldtasche steckte, vernahm ich plötzlich von der Seite her einen Ruf:

»Ach, Herr Gott, Sie sind es ja!«

Linder drehte sich nach einer wohlgekleideten, von Gesundheit und guter Laune strahlenden Frau um, an deren Mantel sich zwei rotwangige Jungen standhaft festhielten.

»Muß wohl ein Irrtum sein, gnädige Frau, ich...«

Sie legte ihre behandschuhte Hand über die seinige und bat ihn mit zitternder Stimme:

»Ach, kommen Sie ein Stückchen mit mir!«

Sie schwieg, bis sie in eine ziemlich einsame Hintergasse gekommen waren: da blieb sie stehen und sah ihm gerade in die Augen mit feuchtglänzendem Blick:

»Sie kennen wohl die kleine Vaterlose nicht wieder, der Sie in Lysekil das Leben retteten?«

»Hm ... hm? Ja, ich glaube, ich entsinne mich. Na, Sie sind nun also frisch und glücklich?«

»Ja ... a ...« stammelte sie.

»Na, dann leben Sie wohl! Hat mich sehr gefreut, Sie zu treffen!«

Aber sie lief ihm nach und hielt ihn am Pelz fest.

»Halten Sie mich nicht für aufdringlich; aber würde es denen, die Sie zu Hause erwarten, allzu viel ausmachen, wenn Sie eine einzige halbe Stunde... Verzeihen Sie, wenn ich um etwas Unrechtes bitte!«

Ein Zittern durchfuhr ihn, und seine dünnen Lippen erbebten:

»Auf mich wartet niemand ... ich bin so einsam ... sehr einsam...«

»O, dann verzeihen Sie mir sicher! Kommen Sie mit mir! Kommen Sie!«

Und er ging mit ihr zu dem kleinen Heim, dessen Herrin sie war, und wurde ihrem Manne vorgestellt als »ein lieber, alter Freund«, und blieb Stunde um Stunde da.

Und er aß Abendbrot mit ihnen und kam, ohne recht zu wissen warum, in die Kinderstube, in der die Knaben zur Ruhe gelegt wurden, und Gustav das Abendgebet hersagte für sich und Willi.

Als der Kleine aber die Worte sprach: »Du lieber Gott, segne und bewahre auch den guten Herrn, der Mama gesund und glücklich und Großmamas letzte Jahre froh machte« – da wurde es wieder warm in Linders Brusttasche, und sein Herz klopfte so laut und stark, wie es das seit vielen Jahren nicht gethan hatte.

V.
Um schnöden Mammons willen

Nach mancherlei wechselvollen Erlebnissen kam ich infolge eines Ochsenhandels auf einem Viehmarkt zu einem Bauern in Westergötland hin. Als wir nach Hause gekommen waren, legte mein neuer Besitzer mich und mehrere andere Scheine in eine Schublade seines Cylinderbureaus, und so groß ist noch das Vertrauen und die Gutgläubigkeit der Menschen hier draußen auf dem Lande, daß die Schublade oft halboffen stand, so daß ich mich ein bißchen in dem neuen Heim umsehen konnte.

Und es war ein nettes Heim. Jeder Winkel war gefegt und geputzt, reine Gardinen an den Fenstern und Tannenreiser auf dem Boden, eine frohe, heitere, arbeitslustige Stimmung und frische, lebhafte Kinder, die einen furchtbaren Lärm machten.

Es war im Juni. Vor zwei Stubenfenstern winkten Zweige mit aufgebrochenen Apfelblüten herein, und vor dem dritten lag draußen die See, schön, sonnenüberstrahlt, voller Holme und Inseln.

Aber bisweilen, wenn es still war in der Stube, die Kinder draußen spielten, und die Hausherrin anderwärts beschäftigt war, kam der Bauer herein, schob die Lade des Cylinderbureaus auf, holte Papier und Feder vor und setzte sich, um zu rechnen! Und je länger er rechnete, desto mehr verfinsterte sich sein Gesicht, und schwere Seufzer entrangen sich seiner Brust. So konnte er stundenlang, den Kopf in die Hände gedrückt und mit zusammengebissenen Zähnen, sitzen, während draußen die eilige Heubergungsarbeit ihren Verlauf nahm, die Pferde wieherten, die Leute riefen, und alles lebendig und in Thätigkeit war, eine Thätigkeit, die wohl das wachsame Auge des Bauern erforderte.

Ein paar Mal kam er mit mehreren Scheinen und legte sie in die Schublade, strich sie sorgfältig aus und rechnete uns genau zusammen; aber sein Gesicht wurde immer düsterer und finsterer: es waren unserer offenbar nicht genug, oder wir hatten zu geringen Wert.

In den Nächten drehte und warf er sich im Bett hin und her und stöhnte wie in Angst.

»Du bist doch woll nich krank, Korl?« fragte die Frau manchmal besorgt.

»Ach, wat für Dummheiten, man kann doch woll eenmal in der Nacht uppwach'n?« lautete die verlegene Antwort.

Dann an einem Nachmittag mitten im Juli kam der Bauer leise zum Bureau geschlichen, blickte sich vorsichtig um, ob er auch allein war, nahm mich aus der Schublade, legte mich zusammen und steckte mich schnell in die Westentasche. Dann ging er zum Eckschrank hin, goß Branntwein in eine blaue, flache Flasche, steckte sie in die Rocktasche und ging hinaus. Auf dem Hof nahm er einen Spaten und warf ihn über die Schulter. Dann ging er zum Garten hinunter, wo die Frau beschäftigt war, und rief:

»Ik geh zum Ochsehaag, um zu seh'n, ob det Vieh Wasser häwt, un den Brunnen zu reenigen, wenn et nötig is.«

Er schritt so schnell zwischen den Äckern dahin und in den Wald hinein, als wenn er verfolgt würde. Schließlich warf er sich neben einem großen Stein nieder, wischte den Schweiß vom Gesicht ab und atmete schwer.

»Goden Awend, Buer,« flüsterte in demselben Augenblick eine dünne, heisere Stimme dicht neben ihm.

»Hst! Schrie nich so verdammt! Hier is doch wohl keener in der Nähe?«

»Keene Seel'!«

»Da, trink eenen, Jonas!«

»Dank förs Angebot, awer sunst wollt' ik nur sägge, wat dat andre anbetrifft, det kann ik mi nich öwernähme!«

»Warum denn nich, du Schurke?« stieß der Bauer heraus.

»Werd't nur nich beese, det is eene to groote Sünd'!«

»Ach, red' doch nich! Zu große Sünd' für dich, der im Gefängnis gesess'n hat för Diebstahl un geheemen Schankbetrieb!«

»Dat kann woll sind, aber det hier is noch schlimmer! Denkt an det Viech!«

Der Bauer sprang schnell auf und schrie in unterdrücktem Ton, bebend vor Zorn:

»Na, dann rüst' dich, mit Fru und Kind ut dem Hüsle zu zieh'n!«

»Liewer, gudder Buer, mokt mi nich onglöcklich! Könnt Ihr det nich selwer moke?«

»Du Schafskopf! Ik muß doch ville Mile von hier fort sind, wenn's brennt! Begreifst det nich?«

»Ik werd's dohn, wenn nur det Viech nich drinne bliewt. Seht, det ist det grusamste!«

»Na, trink noch 'n Schluck, armer Kerl! De Ochsen sollen draußen bliewe, na dat würd kurios utsehn; un de Kühe müsse de Nacht drinne stehen, wie sonst, und de Pferd', um parat zu sind, am Morjen to fohre, begreifst? Trink, trink, si nich bang vor'm Brantwin!«

»Dank villmols! Aber det wird e lange Plog för de arme Bester!«

»Ach, schwätz' nich, se erstick'n ja gleech vom Rauch, verstehst! Un nu wollen wir nich weiter über de Sach' red'n.« (Er zog mich aus der Westentasche heraus.) »Seh da, da hast hundert Krone, wenn de mir's übernehme willst, un ebenso ville kriegst, wenn de Feuerversicherung utbezahlt wird, un eene ganze Tonne Roggen kannst dir morgen hol'n. Aber thust 's nich, dann kannst ins Armenhus zieh'n, denn ik gloob' nich, daß et so'n Dummen giwt, der dir sin Hus überläßt.«

Der alte, arme, magere, zitternde Mann ergriff mich eifrig mit bebenden Fingern und flüsterte:

»Sid nich so ilig, Buer, ik werd's ja schon dohn. Aber wenn ik nu entdeckt würd ...?«

»Dann mußt 'e dich wie een Ochse benehmen. Wer zum Diewel soll dich deswegen in Verdacht hab'n? Sei doch nich dümmer, als det Vieh! Da, sieh, trink nun aus, Jonas!«

Wie ein Schatten glitt der Arme, indem er mich in den schweißfeuchten Fingern hielt, zwischen den Bäumen hin. Er lief, und es röchelte in der schmalen, eingesunkenen Brust. Die Dämmerung senkte sich herab, und er wagte weder nach rechts noch nach links zu schauen. Da rief es plötzlich hinter einem Busch:

»Jonas!«

»Ach, Harr Godd! Wat is denn? Erschreck mi doch nich so, datt ik ganz von Sinne werd', Katrin!« stöhnte er und blieb stehen, als er seine Frau erkannte.

»Watt fehlt di denn? Guck her! Helf mi det Bündel Risig drage, det ik uppgelese häw!« sagte die Frau.

Er steckte mich in seine schmutzige Westentasche, als er das Reisigbündel aufnahm.

Als alle in der Hütte zur Ruhe gegangen waren, schlich er auf den Boden hinauf und steckte mich zwischen die Dachsparren und die Birkenrinde unter dem Torf, die das Dach der Hütte bildeten.[2] Aber noch vor Mitternacht kam er abermals auf den Boden hinaufgeschlichen, nahm mich und trug mich auf sein Ackerstück hinaus und legte mich unter einen großen Stein in einem Steinhaufen. Der Schweiß lief an ihm herab, und das Herz in der dünnen, ausgemergelten Gestalt schlug, als wäre er fast zu Tode gehetzt.

Aber noch vor Tagesgrauen kam er abermals zum Steinhaufen geschlichen, nahm mich wieder vor und kroch mit mir in der Hand ins Bett, lag und stöhnte eine Weile, schlummerte für wenige Minuten ein, fuhr wieder auf und erschreckte die Frau und die Kinder mit dem Verzweiflungsschrei: »Es brennt, es brennt!«

Er wagte seitdem nicht mehr, mich aus der Hand zu legen. Er trug mich ständig, bald hier, bald dort in seinen Lumpen umher, und wenn er allein war, hielt er mich lange Zeit in seiner schmutzigen, abgemagerten Hand.

---

[2] Die Landhütten sind in Norwegen und Schweden mit Birkenrinde und Torferde gedeckt.

Und ich war mit ihm in jener Nacht, in der er, scheu, wie ein gejagtes Tier, und fast von Angst erstickt bei jedem Rascheln im Walde, zum Kuhstall schlich, an dem Steinunterbau desselben sich niederkauerte, dort etwas mit den vor Angst bebenden Händen machte, und der Stall wenige Minuten später in Flammen stand ... Erst eilte er hinaus auf das Feld, warf sich in einen halb mit Wasser gefüllten Graben und bohrte sein von Angst verzerrtes Gesicht in das kalte Wasser. Dann wurde er durch das Brüllen der Tiere im Todeskampf aufgeschreckt, rannte zur Feuerstätte hin und hinein in die Flammen, um zu retten. Mit Brandwunden bedeckt und besinnungslos, wurde er herausgerissen und nahm, nachdem er wieder zum Bewußtsein gekommen war, an den Versuchen teil, die Ausbreitung des Feuers auf das Wohnhaus zu hindern. Hierbei arbeitete der alte, magere, verhungerte Mann für zwei, wagte sich hin, wo andere zurückschreckten, und hielt länger aus, als jemand.

Am Nachmittag kam der Bauer von der weiten Reise heim, auf der er gewesen war, als das Unglück geschah. Er weinte und raufte sich voll Verzeiflung die Haare über seinen Kuhstall und seine prächtigen Thiere. Und dann warf er einen verstohlenen Blick auf Jonas.

Als Jonas aber dem Blick begegnete, fiel er ohnmächtig nieder.

»De orme Olle! He häwt sich riin to Tot' georbetet. He wor der Ifrigste von uns alle! Et is keen Wonder, det hem toletzt de Kräfte verginge,« sagten die Leute.

Das Polizeiverhör war vorüber, und man erklärte, daß die Ursache des Brandes nicht zu ermitteln sei. Vermutlich hatte ein im Stall heimlich übernachtender Landstreicher Veranlassung zu dem Unglück gegeben.

Jonas wollte seinen Arbeitslohn genießen.

Er ging zum Hof, in der Absicht, den Bauer zu bitten, ihm Kleingeld für mich zu geben, der ihn verdächtig gemacht hätte, kehrte aber am Zaum wieder um. Er wanderte fünf Meilen bis zur nächsten Stadt, um mich in einem Laden einzuwechseln; als er mich aber hervorziehen wollte, wurde es ihm dunkel vor den Augen, er zitterte von Kopf bis zu Fuß, stammelte eine Bitte um ein Almosen und kehrte unverrichteter Sache heim.

Nach der Rückkehr legte er sich aufs Krankenbett. In seinen wilden Fieberphantasieen sah er wieder und wieder den Todeskampf der verbrennenden Tiere und hörte voll Grausen ihr angstvolles Brüllen. Seine rotgrauen Haare sträubten sich, und seine eingesunkene Brust röchelte wie in der Todesstunde.

Einmal, als er erwachte, sah er das ernste Gesicht des alten Dorfschulzen an seinem Bett. Jonas streckte beide Hände vor und schluchzte:

»Jo, jo, ik häw et gedohn! Verhafte Se mi! Dann häwt det eenmal ee End!«

»Si nu ruhik, Jonas, un hör', wat ik sägg. Ik komm to di von de Feuerversich'rungsgesellschaft mit fuftien Kronen, wil du so rasch un döchtig bim Lösche gewese wärst!«

»Fuftien Kronen! Nee dafür doh ik's nich! Ik zieh nich för tusend Kronen in det Armehus. Bitt mir nich, Dorfschulze!« schrie Jonas in wilden Fieberphantasieen.

»Der Arme, er weiß nichts mehr von sich! Er hat sich sicher bei der Feuersbrunst überanstrengt. Nimm du det Geld, Katrin,« sagte der Dorschulze zur Frau und ging.

Am neunten Tage starb Jonas und wurde gleich darauf begraben, und der Bauer war ungewöhnlich gütig und schickte der Witwe und den Kindern unaufhörlich Roggenbrot und Speck und Schmalz.

Als aber Katrin das Bett des Jonas in Ordnung bringen wollte, fand sie im Bettstroh ein zusammengedrücktes Stück Papier, das sehr merkwürdig aussah. Sie strich es auf dem Tisch glatt und fand zu ihrem Erstaunen, daß es ein Hundertkronenschein war.

Und kein Mensch im ganzen Sprengel konnte begreifen, wie er dahingekommen war.

VI.
Es bleibt in der Familie.

Sehr »mitgenommen«, an den Rändern zerknittert und schmutzig auf den Flächen, so daß mein »offizieller Text« kaum mehr lesbar war, landete ich in der Chiffonière eines alten, reichen Barons auf einem großen Rittergut in Södermanland.

Es war einer von der alten Sorte, die gern viel Geld zu Hause liegen hatten und zu vornehm waren, um fortwährend auf der Bank Geld abzuheben oder einzuzahlen. Ich war daher niemals, seit ich die Papiergeld-Druckpresse und das Gewölbe meiner Kindheitsbank verlassen hatte, in so großer und wertvoller Gesellschaft von Meinesgleichen gewesen.

Wir und der Baron hatten dasselbe Schlafgemach. Unsere Chiffonière stand an der einen Langwand, sein Bett an der andern. Wir Hunderter fühlten gleichsam Sympathie für den alten Edelmann. Er gehörte ja fast der höchsten Adelsklasse an, wir der nächsthöchsten »Schein«klasse; es ist sicher verdrießlich, daß es Tausender und Grafen giebt, aber die Barone wie die Hunderter, gehören doch auch zur Aristokratie.

Ich blieb in seiner Chiffonière zwei Jahre und will nun erzählen, wie ich dort fortkam und wohin mich das Geschick verschlug.

»Stockfinster war die Nacht,« wie es in »Gasparone« heißt, das ich einmal in der Tasche einer Demimonde-Dame angehört habe. Es war Herbst, Regenschauer peitschten gegen die Scheiben ... Aber ich will mich kurz fassen, die Scheibe des Giebelfensters – wir wohnten im zweiten Stock – wurde plötzlich eingedrückt, Schritte schlichen über den Boden hin, und nach einigen leisen, erfahrenen Griffen war unsere Lade geöffnet.

Aber der alte Baron hatte noch ein bißchen von dem Blut übrig, das im dreißigjährigen Krieg seinem Stammvater den Schild mit dem Schwert und den Greifen darauf verschaffte. In einer halben Minute stand er am Boden und hatte die Mündung eines Stutzen so sicher, als es sich im Dunkel machen ließ, auf denjenigen gerichtet, der unsere Ruhe störte; und es dauerte nicht lange, so hatte er mit der linken Hand auch das Licht angezündet. Und da stand er denn, freilich grauhaarig und im Nachthemde, aber fest und gerade mit funkelnden, braunen Augen und seiner Adlernase und seinem Schnurrbart, so daß ich glaube, niemand hätte ihn lächerlich gefunden.

»So, nun wollen wir mit einander reden, mein Jungchen!« begann der alte Baron als artiger Wirt, indem er ein paar Schritte rückwärts ging und an der Wand hintastete, worauf der gellende Laut einer Glocke dem Besucher klarmachte: wenn er seine Visite zu beendigen wünschte, müßte es so schnell, wie möglich, geschehen.

Aber auch dafür schien keine Möglichkeit vorhanden zu sein, wie auch die flammenden Augen des Einbrechers umherirrten und nach dem Fenster hinstarrten, vor dem er natürlich eine Leiter stehen hatte. Die Mündung des Stutzen war ständig im Wege.

»Setz' dich!« kommandierte der alte Baron barsch, als wenn er noch vor seinem Bataillon der schwedischen Garde gestanden hätte.

Noch einmal irrte der Blick des nächtlichen Besuchers, gleich dem eines gefangenen Tieres, umher, dann glitt ein ironisches Lächeln über das braune, verstörte Gesicht, als er sah, wie unrettbar er fest saß, und er sank mit seiner zerlumpten Jacke auf den Lehnstuhl in der Ecke nieder.

»Verdammte Situation!« murmelte er in ohnmächtiger Wut, aber doch nicht ohne einen Anflug von Galgenhumor, als er sah, daß Alles vorbei wäre.

Im selben Augenblick guckte ein bleiches, erschrecktes altes Frauengesicht zur Thür herein.

»Herr Jesses!« schrie die Alte, als sie die Gruppe im Schlafzimmer sah, und sank auf die Schwelle nieder.

»Na natürlich, die alte Gans,« fluchte der Baron, nahm die Wasserkaraffe in die linke Hand, ohne den Einbrecher aus dem Auge zu lassen, und goß ihren Inhalt der Alten mitten in's Gesicht, die sich darauf wie ein nasses Huhn zu schütteln begann.

»So, du alte Hexe, kommst nun wieder zum Leben? Fort, hinunter, hol' den Bergmann und die Knechte und sag', daß ich Besuch bekommen hab'. Sie sollen einen tüchtigen Strick mitbringen!«

Der Inspektor und die Knechte kamen, und nachdem sie Zeit gefunden hatten, ihrem Erstaunen und ihrer Bestürzung Ausdruck zu verleihen, wurde der Einbrecher fest und ordentlich gebunden.

»So, Bergmann, kommen Sie nun her und bewachen Sie den Kerl mit dem Stutzen, bis ich mir ein paar Kleider angezogen habe. Du, junger Held, reitest sogleich nach dem Lensmann; es ist am besten, er bringt Handfesseln mit.«

Die Kleider des Barons lagen auf einem Stuhle neben dem, auf welchem der Einbrecher saß, und als der Baron sich niederbeugte, um sie zu nehmen, erblickte er erst recht das Gesicht des Verbrechers. Er stutzte, richtete sich schnell auf und fragte eilig:

»Wie ... wie heißest du?«

»Axel Björk. Ich habe eine gute Erziehung genossen, bin willig und gewandt und passe in den Dienst Eurer Gnaden, wenn eine Stelle frei sein sollte,« erwiderte der Gefangene frech und kurz mit einem Hohnlächeln um seinen, von einem borstigen Bart umgebenen Mund.

Der Baron warf ein paar Kleidungsstücke in größter Eile über, worauf er wieder den Stutzen zur Hand nahm und sagte:

»Bergmann und Jonas, Ihr könnt draußen im Saal warten. Ich läute, wenn es etwas giebt!«

Der Gefangene schüttelte sich.

»Hört, lieber Herr, wollen wir nicht die Gelegenheit wahrnehmen und gleich etwas Wärmendes bestellen. So in der Morgenkühle ist es verdammt frostig. Und dann habe ich gewiß beim Einsteigen die Fensterscheibe ein wenig beschädigt. Bitte um Entschuldigung! Ich trinke alles!«

Als sie allein geblieben waren, zog der alte Baron einen Stuhl vor und setzte sich dem Gefangenen gerade gegenüber, mit dem Stutzen auf dem Knie.

»Wo bist du geboren? Wer war deine Mutter ... dein Vater, meine ich?«

»Ach so, auf die Weise! Wir wollen ein bischen Philanthropie betreiben und Interesse für Unglück zeigen, während wir auf den Lensmann warten. Immer zu,« sagte der Landstreicher. »Ja, geboren werde ich wohl nicht weit von dieser Gegend sein, und mein Vater scheint ein feiner Kerl gewesen zu sein, aber da er auf alle Freuden der Vaterschaft verzichtete und niemals den Verkehr mit mir kultivierte, kenne ich nur meine Mutter. Ein verteufelt braves Frauenzimmer; starb im Vorjahr. Haushälterin an seinem Platz, aber in letzter Zeit hatte sie natürlich verdammt wenig beiseite zu legen. Kam ins Unglück um den jungen Herrn vom Hause, wo sie diente. Ließ mich in eine gute Schule gehen bis zur vierten Klasse. Energisches Weib meine Mutter. Grete Björk wenn sie Ihnen bekannt war?«

Der alte Baron war erbleicht und zitterte während der Erzählung des Diebes. Nun stand er auf, zog die Thür zu und flüsterte:

»St! Sei still! Schrei nicht so verdammt, Spitzbube! ... Hm ... hm ... wenn ich nun Gnade für Recht ergehen ließe ... und ... dir ein bißchen helfen wollte, würdest du dann versuchen, ein besserer Mensch zu werden?«

»Wie ... wie meinen Sie? Mit einem behaglichen Heim und einer trefflichen Besitzung, wie *Sie,* alter Herr, würde ich, selbstverständlich, ein tüchtiger Mitwanderer auf dem Pfade der Tugend sein. Zum Teufel, warum sollte ich auch einbrechen, wenn ich schon drinnen *wäre?* Aber, weiß der Teufel ... das ist merkwürdig ... das Porträt in der Schublade meiner sel'gen Mutter ... Ja, beim lebendigen Gott ... So ist's! Ich bin unversehens in den trauten Schoß meines Vaterhauses eingestiegen,«

Der alte Baron wurde weiß im Gesicht, wie Leinwand, stand auf und hob die Schußwaffe empor:

»Schweig', Schurke, oder du bist des Todes!«

Der Gefangene senkte die Stimme, hohnlächelte aber. »Huh, was Papachen sagt! Kindesmord auf seine alten Tage, das wäre ja recht nett von einem, der ein so braver Papa gewesen ist, während die Mama, trotz ihrer Lage, mich am Leben ließ, als ich zur Welt kam. Bei ihr hätt' ich es fast entschuldigen können, wenn sie ...«

»Schweig', wahnsinniger Spitzbube!«

»Na, na, thu man nicht so, Väterchen! Obwohl Papachen beim Bangen nach seinem geliebten Gretchen und aus Sehnsucht nach seinem kleinen Axel sehr gealtert ist, erkenne ich doch das liebe Gesichtchen von Vaters Porträt wieder.«

»Du lügst, du irrst dich, unglücklicher Mensch, du wirst das Gefühl von Mitleid und Barmherzigkeit in mir ersticken, das sonst vielleicht ...«

»Aber was in aller Welt habe ich denn so furchtbares *gethan?* Ich bin zu meinem lieben Papa durchs Fenster eingestiegen, da ich die Thüren des schonen, friedlichen Vaterhauses verschlossen fand. Kann Papa beschwören, daß er nicht einst auf dieselbe Weise zu Mama ging? Das liegt vielleicht im Blut, Väterchen! Die Fensterscheibe ging entzwei, das wohl; aber das kam nur daher, weil Papa nicht bereit stand, es zu öffnen, wie Mama es wohl that ... Na, das war ihre Sache, aber soviel ist sicher, hätte *sie* nicht das Fenster geöffnet, stände ich jetzt nicht hier!«

»Wenn du deinen verdammten Mund halten willst und mit deinem Wahnsinn aufhören, würde ich vielleicht ...«

» ... mich adoptieren? Seht, nun spricht das Vaterherz! Aber hier wird keine noch so gefühlvolle Familienscene meines früheren Papas mich von den Handfesseln befreien, die unser dummer Inspektor mir anlegte.«

Mit zitternder Hand nahm der Baron einen Dolch aus der Waffensammlung von der Wand herab und schnitt die Handfesseln des Gefangenen auf.

Der Gefangene sprang wie eine Feder empor, schielte durch das Fenster hinaus, gab ganz seine frühere Frechheit und seinen höhnenden Ton auf und sagte eilig:

»Und nun zum Geschäft! Sie haben meine Mutter betrogen und verlassen und sie dahin gebracht, daß sie sich zu Tode grämte; *ich* habe eine Fensterscheibe zerbrochen ... das ist alles. Mörder und Einbrecher! Zieht man unsere verschiedene Erziehung in Betracht, bin ich wohl nicht so sehr entartet. Schnell her mit einigen Geldscheinen, und dann lassen Sie mich gehen. Sie werden es schon fertig bringen, mich in Ihrem Testament zu vergessen!«

»Ich habe einen Boten geschickt ... der Lensmann kommt ...«

»Ersinnen Sie etwas; Sind Sie so ungeübt im Lügen, Sie? Dann müssen Sie es sich abgewöhnt haben, seit Sie Grete Björk belogen!«

Der Baron ging zu der Chiffonière hin, that einen Griff in den Zehnerhaufen und warf die Scheine dem Vagabunden hin. Dieser steckte sie nachlässig in seine Rocktasche.

»Ein Wort an Ihre dienstbaren Geister, wenn ich bitten darf! Ich möchte nicht gern mit einem Schuß im Leibe von hier fortgehen.«

Der Baron klingelte und flüsterte dem herbeieilenden Bergmann einige Worte zu.

Der Vagabund setzte seinen Hut fest auf das schwarze struppige Haar, trat einen Schritt vor und legte die Finger auf mich und flüsterte in seinem früheren höhnischen Ton:

»Dieser schmutzige, geflickte Lappen paßt nicht in die Münzsammlung eines feinen Herrn. Den nehme ich als Zugabe, denn keiner von uns weiß, ob ich öfter Gelegenheit bekomme. Ihnen Besuche zu machen! Seien Sie nicht böse! Du lieber Gott, es bleibt ja doch in der Familie!«

VII.
Schuld und Sühne

Eine der stärksten Leidenschaften der Menschen, die Habgier, und eine Menge der Schandtaten derselben hat das Geld zum Ziel und zur Ursache. Ich habe viel Male auf dem Tische der Gerechtigkeit gelegen und will nun einen dieser Fälle erzählen.

Durch eine Gerichtskostenrechnung war ich bei einem Notar eingegangen, der ein ordentlicher Mann war und in einer Ecke seiner Kanzlei einen mächtigen Geldschrank stehen hatte. Da lag ich, bisweilen in recht großer Gesellschaft von Kassenscheinen, wichtigen Akten und allerhand Arten Stempelpapier.

Oft stand der Geldschrank die ganzen Vormittage offen, und ich konnte genau beobachten, was in der Kanzlei vorging. Wenn es still und ruhig war, die Federn in gleichmäßigem Takt auf dem Papier kratzten, und nur hier und da einige kurze Worte gewechselt wurden, begriffen wir, daß der Notar selbst da war. Aber wenn eine ganze Weile lebhaft geplaudert wurde, Operettenmelodieen gesummt, und manches lustige Liedchen gepfiffen, dann wußten wir, daß die jungen Juristen in spe sich selbst überlassen waren. Aber nicht immer waren sie in diesem Falle froh und lebendig; bisweilen saßen sie träge, mit fahlen Gesichtern und wortkarg da, noch stiller und ernster, als wenn »der Alte« auch in der Kanzlei war, und dann hörte man nur einsilbige Äußerungen wie:

»Scharfes Spiel, gestern Abend!«

»O, wie es da oben heut' hämmert!«

»Du hattest den ganzen Abend Pech, glaub' ich?«

Und dann kratzten die Federn wieder ein Weilchen weiter, und brauchte man Stempelpapier, so hatte der Referendar Hendrik den Schlüssel zum Geldschrank, in dem es lag.

»Verteufelt kuriose Idee von dem Alten, das Stempelpapier da liegen zu haben, wo alles Geld liegt. Es ist wirklich unheimlich, da heranzugehen und herumzuwühlen. Denkt, wenn er sich 'mal verrechnet und sich einen Hunderter zuviel anschreibt, und wir haben dann den Schlüssel,« meinte Hendrich bisweilen.

Aber eines Abends um halb zwölf dachte er *nicht* so, sondern stand mit schwitziger Stirn und feuchten Haaren vor dem Geldschrank und öffnete eilig mit ungeschickt tastender Hand die Thüre und griff mit seinen feuchten Fingern in die Scheine hinein.

»Großer Gott, was thu' ich!« murmelte er und zog die Hand zurück.

Dann richtete er sich auf, rechnete einige von uns zusammen und flüsterte:

»Ach Dummheit! Ich habe ja den Schlüssel und werde abbezahlen und ...«

Dann steckte er uns ein, eilte ein paar Straßen entlang und betrat einen belebten, hellerleuchteten Raum, wo Scheine knitterten, Zigarren glimmten und es nach Alkohol roch. Da wurde hoch gespielt, um große Summen, und bisweilen einem zugetrunken, den man den »großen Fremden von König Spielmanns Hof, dienstthuenden Hofmarschall bei Fritz Zickelbein« nannte.

Als mein Referendar nach Hause ging, hatte er zweitausend Kronen in der Tasche.

»Potztausend, wie dein Glück sich wandte, Hendrik, seitdem du Kassenverstärkung bekamst! Wen hast du eigentlich so mitten in der Nacht anpumpen können? Bessere Stelle, was? Hältst wohl die Adresse geheim?« sagte einer seiner Freunde und wollte ihn unterfassen.

Der Referendar riß sich aber los, stellte sich, als wenn er nichts hörte, und eilte nach Hause, und bevor er zur Ruhe ging, war die Kasse in der Kanzlei wieder in völliger Ordnung. Aber er hatte einen großen Überschuß, und darunter befand auch ich mich.

Armer Kerl, der Rest der Nacht wurde furchtbar für ihn. Nach einem ehrenhaften Leben von mehreren zwanzig Jahren war er einen Augenblick gestolpert, da seine Seele erregt, und sein Hirn vom Alkohol verwirrt war, so daß er kaum wußte, was er that. Aber nun war die Gefahr vorüber, der Rausch fort, und nun stand auch die Furchtbarkeit seiner That klar vor seinem Auge.

Am Morgen steckte er uns, die wir von seinem Gewinn übriggeblieben waren, mit einer Fingerhaltung, als wären wir Schmutz, und als könnte man sich an uns die Finger *verbrennen,* in ein Kuvert mit der Adresse »An den Herrn Vorsitzenden des städtischen Armenvereins« mit einigen Zeilen darin, daß jemand, der unbekannt bleiben wollte, u.s.w.

»Gratulieren, gratulieren, lieber Freund!« riefen die Kameraden in der Kanzlei, als der Referendar Hendrik, bleich und verstört, den Arbeitsraum betrat mit seinem Geldbrief in der Tasche und kaum den Augenblick abwarten konnte, da er Zeit fand, ihn zur Post zu bringen.

»Danke!« erwiderte er tonlos.

»Nun nimmst du Wohl den Augenblick wahr, so lange das Eisen noch heiß ist und das Glück jung, und jagst dem Wolf heut' Abend noch so ein paar Hunderter ab?«

»Ich rühre keine Karte mehr an!«

»Ach, dummes Geschwätz!«

»Ich schwör' es euch bei Gott!«

»Du bist ein drolliger Kauz. Das Glück erschreckt dich wohl, während du dich im Unglück als ein ganzer Kerl bewährtest. Aber der Teufel weiß, ob du so dumm bist, wie du dich stellst? Du willst wohl nur deinen Raub in Ruhe genießen? Du bereitest dir wohl ein Extravergnügen mit der Einnahme, was?«

»Ist bereits geschehen! Und nun an die Arbeit!«

Zwölf Jahre später wurde ich in einem Laden eines Eisenbahnstationsortes von einem Arbeiter aus der Kasse entwendet. Er war arbeitslos, ohne jeden Heller, und Frau und Kinder hungerten daheim. Aber in solchem Fall soll man Kartoffeln auf dem Felde stehlen oder ein Brot oder ein Stück Speck, wenn man will, daß einem die Gesellschaft allenfalls verzeihen soll. Hundert Kronen darf einer aus *dieser* Gesellschaftsklasse nicht ungestraft stehlen.

Und die Gesellschaft verzieh auch diesmal nicht. Binnen kurzem stand der Verbrecher vor den Schranken des Gerichtes, und ich selbst lag als *corpus delicti* auf dem Gerichtstisch.

Die Sache war einfach und klar genug, der Angeklagte versuchte auch nicht zu leugnen. Gebeugten Hauptes gestand er alles.

Ob er schon vorher bestraft wäre?

»Nein.«

Aber trotzdem war man empört über die »Frechheit« des Mannes, und jeder, der etwas zu verlieren hatte, fühlte deutlich, daß dieser »verhärtete« Verbrecher sein und der ganzen Gesellschaft Feind war.

Und der Richter sprach würdige, ernste und strafende Worte.

Ich hob unmerklich meine eine verbogene Ecke empor und lauschte mit meinem schmutzigen Esels-Ohr.

Es war Referendar Hendrik, jetzt Amtsrichter.

Und dieselben Hände, die einst zitternd und fieberhaft in den Geldschrank des alten Notars gegriffen hatten, dieselben Hände, die mich voll Abscheu am Morgen darauf fortgeworfen, dieselben Hände – weiße, feingeformte Hände mit gepflegten Nägeln, Verlobungsring und Freimaurerzeichen ersten Grades glätteten mich nun auf dem Tisch, strichen mich achtungsvoll, wie das Geld, auch wenn es alt und mitgenommen ist, gewöhnlich hier im Leben behandelt wird, aus und übergaben mich dem Kläger.

Ich sah den Amtsrichter an. Sein Gesicht war ruhig, ernst und würdig, die Stirn glatt, der Blick klar. Kehrte sein Gedanke noch einmal zu jener furchtbaren Nacht zurück, da der bekannte Hazardspieler »der blaue Wolf« jene Spielhöhle besuchte, so betrachtete der Amtsrichter jene Episode gewiß als einen bösen Traum, von dem er nicht mehr genau beurteilen konnte, in wieweit er selbst darin thätig war. War es wirklich so, daß er in die Kasse ...? Na, es war jedenfalls eine falsche Art, sich Geld zu borgen, aber er hatte ja den Schlüssel, und die Summe wäre natürlich unter allen Umständen gedeckt worden.

Und dann sah ich den Verbrecher an, den Verbrecher, der da vor den Schranken stand.

Er sah schlaff und verkommen und ganz gebrochen aus. Und er schien zu der Einsicht gekommen zu sein, daß es erstaunlich kühn, ja unerhört frech von ihm war, einen ganzen, großen Hundertkronenschein zu entwenden. Die ernsten, ermahnenden Worte des Richters hatten ihn wohl zu dieser Erkenntnis gebracht.

Und dann lautete das Urteil dessen, der mich zuerst »geliehen« hatte, über ihn, der mich soeben »gestohlen« hatte, auf »drei Monate Strafarbeit und zwei Jahre Verlust der bürgerlichen Ehrenrechte.«

VIII.
Im Arbeiterheim.

Im Herbst 1870 war ich nach Nordland hinaufgekommen mit einer Rimesse an eine Bank, zusammen mit vielen Kameraden.

Einen Abend verbrachte ich dort in einem feinen Saal im Stadthotel in Sundsvall, wo die Holz-Fürsten die Pfropfen springen und die Scheine fliegen ließen beim Bezahlen der Festrechnungen und am Spieltisch. Ich sah, wie feine, reiche Herren, oder solche, die sich wenigstens fein dünkten, bei dem lustigen Gelage allmählich aus ihrer Haut herauskrochen. Flüche regneten,, ich wechselte am Spieltisch in einer Stunde mehrmals den Besitzer und wurde mit einem kräftigen Faustschlag auf die Tischplatte geworfen, wie es ein Fuhrknecht nicht anders hätte machen können. Und die gegenseitigen Beschuldigungen wegen des »*corriger la fortune*« fehlten auch nicht in dieser Gesellschaft, in der sich auch mehrere wirkliche Ehrenmänner befanden, die wohl durch Geschäftsverhältnisse gezwungen waren, in diesem Kreise zu verkehren.

Einen zweiten Abend verbrachte ich unter wirklich feinen Geschäftleuten und gemütlichen Kerlen. Sie spielten auch und vielleicht ebenso hoch, aber gewannen und verloren, wie Herren, und hatten ein höfliches, verbindliches Benehmen, wurden auch nicht roher, als die Pfropfen knallten, und ihre Backen sich röteten.

Am Abend darauf war ich auf einem dritten Fest, einem Trinkgelage von flotten, wetterzerfurchten Holz-Fuhrleuten, die vielleicht im Winter mit Frau und Kind gehungert hatten, aber nun bei der vortrefflichen Bahn und den reichlichen Fuhrverdiensten von dreizehn bis vierzehn Kronen per Tag für Pferd mit Mann, auch ein »Herrenleben« führten, ihren »Knallwein« mit naivem Entzücken »pichelten« und ihren mit Obstwein vermischten Cremant fast ebenso teuer, wie die Prinzipale ihren Cliquot bezahlen mußten.

Und dann hinaus in einen Arbeiterbeutel in Krylbo, wo die Eisenbahn mit jedem Tage ihre Eisenarme höher und höher nach Norden hinaufstreckte, wo harte Arbeit in gefrorenem Boden, schwarzes Brot und amerikanischer Speck mit Saus und Braus tagelangem, festlichem Leben und feinen Getränken abwechselten.

Sie wundern sich, daß ein Hundertkronenschein in die Tasche eines Arbeiters kommt; aber da sie dort zeitweise vier bis sieben Kronen täglich verdienten, konnten sie wohl am Schluß des Monats einen Hunderter ausbezahlt bekommen. Aber freilich, er bleibt selten lange in ihrer Tasche.

So lag ich an einem 15. Dezember zerknittert und schmutzig und voller »Esels-Ohren« in dem Geldkasten des Lohnzahlers und wartete auf den Trupp der Eisenbahnarbeiter.

Es war eine grobe, schwielige Faust mit alter Nordmannskraft, die mich und sechs bis sieben Zehner ergriff, und es war eine dürftige, kalte und schmutzige Herberge, eine richtige Eisenbahnarbeiter-Kaserne in einem alten, verfallenen Bauernhof, in der er seine Wohnstätte hatte. Der Arbeiter zog einen Stuhl an den schmierigen Tisch voll Fettflecken und mit einem kleinen Biersee in einer Ecke und der qualmenden Lampe mit zersprungenem Cylinder darüber. Dann holte er mich und meine kleinen Schwestern, die Zehner, vor breitete uns aus und besah seinen Schatz.

Es war ein ordentlicher Kerl; aber einen Hundertkronenschein hatte er wohl doch noch nicht in Händen gehabt, denn er besah mich mit besonderem Interesse und drehte und wendete mich herum. Dann betrachtete er meine Rückseite, stutzte und buchstabierte:

»Fär – gunde – ryd ... Fär – gun – de – ryd ... ja, da steht Färgunderyd ...«

Ich weiß natürlich nicht, was auf meiner Rückseite steht, denn es kommt vor, daß die Leute alles Mögliche aus die Geldscheine schreiben, und ich war sowohl mit Buchstaben, als mit Zahlen bedeckt. Vielleicht hatte ein Pferdehändler aus dieser Smaalandsgegend den Namen seines Geburtsortes darauf geschrieben.

Aber dieser Name hatte eine seltsame Wirkung auf den Arbeiter. Er buchstabierte ihn wieder und wieder zusammen, sein Herz klopfte, seine Wangen glühten, selbst seine Hand war wärmer geworden.

Plötzlich rief er:

»Jehann, häwst de Brefpapeer und Bref-Morke, so giw se mi! Een Kuwert häw ik selwer!«

Der Angeredete erhob sich brummend von dem an der Wand befestigten Bett und brachte das Verlangte, und dann ging der Eisenbahnarbeiter und lieh sich bei einem Kameraden Schreibzeug, strich den Biersee mit dem Jackenärmel fort und schrieb:

»Liewe Moder!«

Und dann setzte er einige schiefe, ungleichmäßige Zeilen, nur ganz wenige, darunter und legte dann mich mit dem Brief in das Couvert hinein. Und nachdem er das gethan hatte, wischte er sich mit umgekehrter Hand den Mund ab und murmelte: »Jo, jo, ik häw an de Olle in Färgunna sit fifviertel Johr nich geschriewe!«

Ein sogenannter »besserer« Herr mit den Einnahmen von drei Eisenbahnarbeitern, der es niemals versäumen würde, »seinem lieben Mamachen« zu Weihnachten und Neujahr und zum Geburtstag schöne Gratulationskarten und zierliche Briefchen zu schreiben, hätte in diesem Fall einen schönen, langen Brief voll »Liebe« geschrieben und dann, zwei, vier, höchstens fünf Zehner hineingelegt. Aber der Sohn der Hütte wägt nicht so genau, alles oder nichts heißt seine Losung.

Dann ging meine Fahrt mit eilendem Zuge nach Süden. Überall lag Weihnachtsstimmung in der Luft. Der Postbeamte war verliebt und dichtete, indem er die Verse an seine Geliebte vor sich hinmurmelte. Überall in den Coupés sprach man von Weihnachten.

So war ich denn endlich auf der Poststation, die sich in dem einfachen, sauberen Heim des Dorfschullehrers befand, angelangt. Da lag ich einen Tag und zwei Nächte in meinem Brief auf dem Regal und hörte allerlei. Gerade um die Weihnachtszeit tritt in einem solchen Hause der Konflikt zwischen den Forderungen der Bildung und den kleinen Einnahmen am schärfsten hervor. Er hatte wohl siebenhundert Kronen und Futter fürs Vieh von der Gemeinde und vielleicht hundertfünfundzwanzig für die Postverwaltung. Man spielte da korrekt und gefühlvoll Weihnachtslieder und Choräle auf dem Klavier im andern Zimmer; aber das Klavier selbst war überaus jämmerlich, vermutlich auf einer Auktion für dreißig bis vierzig Kronen gekauft. Da ging eine Frau aus und ein, sie hatte die Sprache der gebildeten reichen Leute; aber sie machte sich Sorgen, ob sie die Mittel haben würde, eine schöne Schürze zu Weihnachten zu kaufen.

Es ist schwer, etwas bessere Erziehung, etwas mehr Bildung, einen weiteren Blick bekommen zu haben, und dann in Allem so beschränkt zu sein.

Aber trotzdem waren der Schulmeister und sein Weibchen ganz glücklich. Sie küßten sich und liebkosten sich und zwitscherten, wie zwei Gelbfinken vor derselben Weihnachtsgarbe[3] des frostgetroffenen Birnenbaumes. Sie merken wohl, daß ich ein alter, schrumpeliger Schein geworden bin, da ich nun so schrecklich schwätze und solch bedenkliche Abschwenkungen vom Thema mache.

Also, schließlich mußte man doch einen Boten schicken, der mich über gefrorene Moore und durch sausenden Wald zu einem alten Hüttchen trug, das das Elternhaus des Eisenbahnarbeiters war.

»Liewe Moder!«

Diese Zeile und die wenigen andern lasen Vater und Mutter und die beiden Schwestern wieder und wieder durch, und der große

---

[3] Man steckt in Skandinavien am Weihnachtsabend den Vögeln eine Korngarbe an's Dach oder im Garten auf, damit sie auch »Weihnachten« haben.

Schein wurde von vier Händen gestreichelt und Dank und Segen auf den Spender herabgewünscht.

Der Vater und die Mädchen waren in ihrer Freude unerschöpflich in Vorschlägen, wie die unerwartete Hilfe verwandt werden sollte. Es lag fast etwas von der Verlegenheit des Überflusses darin.

Doch die Mutter saß ruhig und still mit dem Brief in der verschrumpelten Hand. Sie war die Einzige im Hause, die »Geschriebenes nicht lesen konnte«; aber das machte nichts, sie wußte bereits den Brief auswendig.

Und als sie schließlich aufstand und ihn zwischen die Gesangbuchblatter in die Truhe legte, sagte sie ruhig und mild:

»Wenn se uns hid Nocht det grote Geld wegstehle dähten, würd' ik mi doch ganz glik freie, det der Ojust noch lewt, det der Ojust noch keen Lump geworde es, un det der Ojust noch an sine olle Moder un sin Voder denkt.«

Künstlerleben

Waldemar Sterns Kampf um das Glück war kurz und leicht gewesen. Daß er in seinen Studienjahren ein bischen hungern mußte, daß sein eleganter Anzug oft der einzige war, den er besaß, hatte ja nicht so viel zu bedeuten, da die Lehrer nur Worte des Lobes hatten, da seine Akademiekollegen seine Arbeiten bewunderten, da die Frauen ihm entgegenlächelten, da seine Seele elastisch war, und die Welt groß und voller »Motive«.

Dann kamen die Stipendien, die herrlichen Auslandsreisen in Länder mit andrer Sonne und andrer Luft und andern Typen, Wanderungen in den Tempeln der Kunst, Siege in den Salons und Gold in der Börse.

Und dann kam *sie*, die kleine Zauberin, das verwöhnte Mädchen, das von einem kleinen Kapital lebte und zu seinem Vergnügen allerhand Kleinigkeiten malte, während sie selbst sich einbildete, daß sie in tiefer Armut säße und sich Alles versagte, aber Schritt für Schritt sich zur Stellung einer großen Künstlerin emporarbeitete.

Ach, wie zärtlich und behutsam nahm er nicht Pinsel und Palette aus ihrer Hand und die großen Gedanken aus ihrem Köpfchen!

Sie durfte nicht den heißen Kampf um die Erringung der vollendeten Technik zu Ende kämpfen. Sie wollte so gerne Malerin werden – nun gut, das sollte sie auch, aber nur mit dem Auge, dem Herzen und Gefühl, nicht mit den häßlichen Farben, die so schwer gehorchen wollten.

Sie wollten ein Kompagniegeschäft bilden, eine Kunstfirma, »Julie und Waldemar«, und sie sollte freilich helfen dürfen, aber nur dadurch, daß sie ihm Rat erteilte und ihn kritisierte, ihm Anregungen und Ideen gab, davon sprach, was ihre schönen Augen in der Natur und in Menschengesichtern sahen, was er nicht zu sehen vermochte, und was ihr Herz empfand, wenn sie vor seinen Werken stand.

So verbrachten sie denn ein Schmetterlingsleben an sonnigem Tag, und als sie dessen überdrüssig wurden, Schmetterlinge zu sein, fand er immer in seiner Tasche Gold genug, damit sie als glückliche, sorgenlose Menschen auftreten konnten. Er malte, was er wollte, und bestimmte selbst seine Preise.

Beide standen ganz allein in der Welt, ohne Eltern und Geschwister. Niemand störte die Harmonie ihres Zusammenlebens.

Dann kam der dritte Mensch in ihren Kreis und brachte, nach kurzen Stunden der Unruhe und Qual, einen neuen, breiten, lichten Strom von Glück in ihre Herzen hinein.

Nun kehrten sie in ihre schwedische Heimat zurück, als »Familienvater« mußte Stern doch irgendwo festen Fuß fassen.

Die heimischen Zeitungen ergingen sich in Lobpreisungen, und die Kunstfreunde, die sich durchaus nicht rar machten mit Bestellungen, wurden ganz verblüfft, wenn sie Stern so mit Arbeit überhäuft fanden, daß sie ein halbes Jahr und länger auf ein »Geburtstagsporträt« warten mußten.

Die beiden Glücklichen wurden beneidet und hatten viele »Freunde«, denen freilich auch die Regung des Neides nicht fehlte. Es war ein frohes Leben, und wenn die Sonne daheim nicht mehr so ganz den rechten Schein hatte oder die Wolken die richtige Farbe oder die Menschen die entsprechende Stimmung, dann packte man ein und fuhr in die große, weite, frohe Welt hinaus.

Jahr um Jahr verging, der kleine Marko – so hieß ihr Sohn – bekam ein Schwesterchen, und da es daheim in den Frühlingstagen zur Welt kam, nannte man es Viola.

Gold kam hinein und floß hinaus, und an Vermögen war eigentlich nichts weiter da, als das kleine ursprüngliche Kapital der Mutter. Das durfte niemals angerührt werden.

Dann mußte man ruhiger leben um der Kinder willen. Denn sie mußten ja zum ordentlichem Schulgang angehalten werden; man ließ sich in der Reichshauptstadt nieder, malte teure Porträts und reiste im Sommer, wenn die Kinder Ferien hatten, statt wie früher, zu Weihnachten in den fernen, schönen, sonnigen Süden.

Ach, das wurde zwar warm und oft unerträglich; aber das Gesindel, dessen Bilder man malte, mußte das Elend bezahlen!

Anfangs schien man auch dazu bereit zu sein. Sie kamen einer nach dem andern und feilschten nicht, obgleich ihnen ihre Börse leid that.

Hm, was wollte das sagen? Professor Stern hatte nach Verlauf einiger Jahre sicherlich noch vollauf so viel zu thun, begann aber mit Unruhe zu bemerken, daß er das eine Bild nach dem andern zur richtigen Zeit fertigzustellen vermochte.

Er war ja nun meist daheim, und man brauchte sich nicht mehr gerade in Reih und Glied aufzustellen, meinten die Besteller.

Stern wurde nervös und begann sich kostbar zu machen. Er refüsierte »Gesichter«, die ihm nicht gefielen; er beschloß, zwei Monate »indisponiert« zu werden, um zu sehen, wie das der Welt imponierte, und wollte man in drei Monaten von ihm ein Porträt haben, dann sagte er immer »sechs«.

Aber das hätte er nicht thun sollen; er wurde seltener als früher aufgesucht und sah eines Tages in dem Atelier eines jüngeren Kollegen eine »Visage«, die er versprochen hatte »möglicher Weise im Frühling vorzunehmen«.

Sein Herz krampfte sich in Angst zusammen. Was lag denn da in der Luft, in dieser schlechten dicken, nebligen Winterluft ohne Winter?

Ach, die Popularität ist ein launisch Ding, das Publikum wechselt seine Günstlinge, wie ein Kind seine Spielsachen; er begann allmählich zu fühlen, daß seine beste Zeit vorüber war.

Die Zeitungen sagten noch immer, »unser großer Künstler«, jeder Gutsbesitzer, der ihm vorgestellt wurde, fühlte sich sichtlich sehr geschmeichelt, die Kunstvereine des Auslandes waren artig und aufmerksam, und römische Marquis, excentrische Prinzen und abgesetzte Präsidenten südamerikanischer Republiken in Paris sandten ihm Neujahrskarten.

Als aber der Sommer kam, und man endlich aus dem dumpfen Heim zu den alten, bekannten, herrlichen, lockenden Plätzen draußen in der weiten Welt hinausfliegen sollte – da waren nicht die Mittel dazu da.

Man mietete also Sommerlogis in einem kleinen Ostseebade, erklärte, daß es im Süden zu warm wäre und es Thorheit sei, das eigene Land nicht zu kennen.

Im Winter war Professor Stern gewissenhaft auf allen Diners und Soupers, zu denen er kommen konnte, leitete mit reichen Kaufleuten und Rentiers Gespräche über Kunst ein und berührte selbst in seiner Weise die Porträtfrage.

Einige kamen, »saßen« und bezahlten, andre fragten gradezu, was es kostete, noch andre antworteten ausweichend, und andre *hatten* bereits ein Porträt, das von dem »jungen, talentvollen Maler X. gemalt sei, den der Herr Professor wohl kannte.«

Er begann verstimmt zu werden.

Die Sorge legte drückend ihre schwere Hand auf sein Talent. Stern fing an, Handwerkergefühle vor seiner Staffelei zu bekommen, Empfindungen, die in verhängnisvoller Weise denen glichen, die den Holzhauer vor einer Klafter Holz überkommen.

Seine Erfolge in der Jugend waren zu leicht errungen, um jene tiefe, innige und hingebungsvolle Liebe zur Kunst zu erzeugen, die in jenen schweren Kämpfen und bittern Enttäuschungen, bis das Glück kommt, zu entstehen pflegt. Er hatte sich nicht in genügendem Maße die Kunst selbst als Ziel gesetzt, sondern darin meist nur ein Mittel gesehen zu einer angenehmen Existenz, einem Leben in Sonnenschein, mit einem Goldstrom in der Tasche.

Nun beim Niedergang begann er seine Ideale zu putzen, hielt es plötzlich für nötig, die Fahne aufzupflanzen, und warf eine Hotelbesitzerin hinaus, die ein »nettes Porträt für 200 Kronen in sechs Wochen« haben wollte.

Und dann schloß er sich ein und malte ein großes Gemälde für die große Kunstausstellung: »Heiliger Abend«. Ein Glockenstuhl, schwingende Glocken, Gräber, Meer, ein Boot auf dem Wasser und eine trauergebeugte Frau auf einer Kirchhofsbank. Preis 4500 Mark.

Ein Kritiker sagte: »Der hochgeschätzte Künstler hat hier ein Werk zustande gebracht, das an seine ersten prächtigen Arbeiten erinnert,« ein andrer: »Die Routine und meisterhafte Technik kann man nicht verkennen; aber das Kolorit und die Stimmung zeugen gewissermaßen von abnehmender Schöpferkraft, die seit langer Zeit keine neuen Eindrücke draußen in den Weltstädten aus den lebendigen Quellen der Kunst gesogen hat.«

Aber die übrigen Kritiker waren gemütlich und freundlich und schworen darauf, daß Professor Stern als schaffender Künstler niemals höher gestanden hätte, als gerade jetzt.

Schließlich bot ein Mehlgroßhändler fünfzehnhundert Mark für das Bild und bekam es.

Man wechselte die Wohnung und bezog eine billigere.

Er mußte eines Tages seinem geliebten Weibchen sagen, daß er kein Geld habe, als sie ihn um ein einfaches Soireekleid bat, und dabei fiel ihm ein, daß er einmal für teures Geld auf drei Tage einen kleinen Dampfer gemietet hatte, damit sie für sich allein eine Rheinfahrt machen konnten. Er, der Farbenkünstler, dem die vollendetste Zeichnung nur als ein unheimlich, grinsendes Skelett erschien, stand eines Tages in ziemlich abgenutzter Kleidung im Wartezimmer des Herausgebers einer illustrierten Zeitschrift. Und er, der Gourmand und Weinkenner, kaufte auf dem Heimwege beim Kolonialwarenhändler eine Flasche Sherry, um daheim das »Glück« zu feiern, daß er die gesuchte Anstellung erhalten hätte.

Arm in Arm gingen sie, er und sie, ein wenig gebeugt, ein wenig grau, mit zahlreichen Runzeln und Fältchen um die wehmütig blickenden Augen, in Mänteln von etwas veraltetem Schnitt, und guckten durch die Fenster in die vornehmen Restaurants hinein und fuhren zusammen, wenn sie Bekannte an den Tischen sahen. Manchmal gingen sie auch selbst hinein, mußten das zweifelhafte Vergnügen aber mit erhöhter Sparsamkeit daheim an den eigenen Bedürfnissen und denen der Kinder büßen.

Ja, die Kinder!

Sie waren nun zu groß und verständig, um noch weiter danach zu fragen, warum man es nicht mehr so hatte wie früher, aber sie sperrten voll Erstaunen die Augen auf, wenn Vater und Mutter in ihren Gesprächen ihr früheres Leben schilderten, das so froh und so glänzend gewesen war.

Dann mußten sie die Köchin entlassen und an deren Stelle ein junges Mädchen nehmen, und Mama mußte noch mit zweiundvierzig Jahren kochen lernen.

Am selben Tage kam aber als Entschädigung der Christus-Orden vom König von Portugal.

Sterns Augen begannen schwach zu werden, und der junge Mensch, der die illustrierte Zeitschrift redigierte, bat ihn, *ihn*, den Professor Waldemar Stern, freundlichst einige Figuren auf dem neuesten Vollbilde umzuzeichnen.

Mittags, als der Sohn, der nun Gymnasiast und großer Ästhetiker war, zu der sehr einfachen Tafel nach Hause kam, rief er plötzlich: »Ich war im Vorbeigehen im Kunstsalon und sah das neue Gemälde ›Einsam im Leben‹ von Berghold. Nein so ein herrliches Weib habe ich noch niemals gemalt gesehen!«

Da funkelte es in Stern's Augen auf, wie eine Erinnerung an alte Zeit, und eine große, klare Thräne schlich sich aus seinen Augenwinkeln hervor.

Das ungegessene Diner

Von der Kochfrau selbst erzählt

Oft, wenn ich in knickerigen Häusern bin, wo die Herrschaft nichts drauf gehen lassen will, oder wenn ich in einem Hause bin, wo kleine Verhältnisse sind und doch alles »großartig« sein soll, oder wenn ich bei solchen Leuten Diners bereite, die niemals wissen, was sie wollen, muß ich immer an Direktor Brandbergs Diners denken, besonders aber an das letzte, das ich dort bereitete.

Die Frau war eine geborene von Silberssporn, und man gab in diesem Hause mehr für die Blumen auf der Tafel aus, als andere Leute für den Braten. Ihr Vater und ihre Mutter hatten kaum das tägliche Brot gehabt in ihrer letzten Lebenszeit; aber Fräulein Jeannette entschädigte sich wahrlich dafür, als sie später den Direktor heiratete.

»Wenn man Brandberg heißen soll, will man wenigstens wissen, daß man lebt,« sagte sie einmal, als die Kammerjungfer sich darüber entsetzte, was der Konditor für zwei Schweizerhäuschen und sechs Herden aus Eis nahm, denn sie war sehr adelsstolz, und es fiel ihr schwer, daß sie nicht die Freiherrnkrone auf dem Tischzeug haben konnte.

Der Direktor gab ihr alles, was sie wünschte, einmal, weil er sie liebte, und dann auch, weil er selbst gern leuchten und großthun wollte, und einmal kam es vor, daß er noch ein Zwischengericht hinzufügte, als die Frau ihm das Menü zeigte, wie wir es zusammengestellt hatten.

Da lachte sie, aber es flammte etwas wie Hohn in ihren großen, klaren, grauen Augen, und einmal, als der Direktor gesagt hatte: »Liebe Frau Holm, nehmen Sie, um Gotteswillen etwas Neues, was die Leute weder gesehen noch gegessen haben, etwas, was sie begaffen können, bevor sie es in den Mund stecken!« da hörte ich deutlich, wie sie murmelte: »Ja, nun denkt Nachtwächter Brandbergs Sohn, er sei zu Macht und Ansehen gekommen!«

Das ließ sich nämlich nicht leugnen, daß sein Vater diesen Staatsrock getragen und um die üblichen Zeiten in den Nächten die Stunden abgerufen hatte.

Wie es da herging! Ja, Herr Gott, wenn ich nur an eines denke: süßer Champagner auf der einen Seite des Tisches oben am Fenster, trockener Champagner unten am Büffet, Burgunder auf der einen Seite und Bordeaux auf der andern, und dann all das, was gar nicht aus der Jahreszeit war, und so zwölf Gerichte und am Schluß ein ganzer Kübel zerbrochener Gläser.

Vor Brandbergs Zeit kannte man keine Spültassen und Mundwasser an gedeckter Tafel in unserer Stadt. Einige hatten ja so etwas auswärts, an größeren Orten, gesehen, und die andern paßten auf, wie der Direktor es vormachte, denn ihm hatte die Frau es am Tage vorher eine halbe Stunde lang im Servierraum einstudiert.

Und es gelang allen ganz gut, nur Brandbergs Schwager, der Lehnsmann in Haberberg war, sah weder rechts noch links, sondern trank, sobald er die Geräte bekam, zuerst die Flüssigkeit aus dem Glase herunter und dann alles, was in der Spültasse war, und dann schmatzte er und sagte: »Na ja, das war ja recht erfrischend!« –

Überfluß war immer bei Brandbergs, aber niemals schlimmer, als wenn die »Revisoren« kamen. Er war nämlich Bankdirektor, und einmal im Jahr kamen immer die Herren, die nachsehen sollten, daß nichts um die Ecke ging und alles wäre, wie es sein sollte. Und wenn sie unten in der Bank alles geprüft hatten, kamen sie immer hinauf in die Wohnung des Direktors zum Diner, und das waren dann solche Diners, daß die Leute sich totessen konnten, nachdem sie schon vorher halbtot waren.

So war es viele Jahre gegangen, ihre Kinder waren halberwachsen, der Direktor hatte den Wasaorden auf die Brust und die Gicht in die Beine bekommen, und selbst der schönen Frau sah man an, daß die Zeit mitnimmt, denn mitten auf dem Scheitel begann es in dem Braun grau zu glänzen.

Also es war wieder ein Revisionsdiner.

Dem Direktor war am Tage vorher nicht ganz wohl, als ich kam, um alles vorzubereiten. Er lief aus und ein und wollte zum Abendbrot Morcheln haben, aß sie dann aber nicht. Die Frau fragte ihn dies und jenes über das Menü, aber er sagte nur: »Wie gewöhnlich, Liebste, wie gewöhnlich, Liebste!«

Aber die Frau war ganz wie sonst, und die Kinder waren lustig, und was die Haselhühner, anbetrifft, so glaube ich, es kann schon dem König passiert sein, schlechtere gegessen zu haben, und zum Zwischengericht hatten wir einen zarten, schönen Schinken, der in Wein gelegen hatte, so daß er wie nach »Odecologne« roch!

Um halb fünf sollte gegessen werden, und das ist spät und fein in unserer Stadt, obgleich ich wohl weiß, daß es draußen in großen Städten Leute giebt, die alle Tage um fünf Uhr essen; aber ich glaube nicht, daß das für den Magen gut ist.

Es wurde dreiviertel fünf, und es schlug fünf, aber der Direktor, der Bankkassierer und die Revisoren kamen nicht. Es waren auch einige andere Leute geladen, und sie hatten seit halb fünf gewartet. Die Direktorin war ja eine feine Dame, die sich nichts merken ließ; aber sie war zweimal bei mir draußen, und ich verstand wohl, das erste Mal beunruhigte sie sich um den Fisch, das zweite Mal aber mehr um den Bankdirektor.

Schließlich kommt Sjöberg, der Bankdiener, und wünscht die Frau zu sprechen; aber bevor sie noch ein Wort gewechselt hatten, kommt Prokurist Markström, der jetzt Bankdirektor ist und damals eine Art Subdirektor war, stößt Sjöberg zur Seite und zieht die Bankdirektorin in die Kinderstube hinein. Während sie noch drinnen sind, kommt Kassierer Esting und flüstert ein wenig mit den Gästen, und, wie die Kammerjungfer erzählte, werden sie dann alle bleich, wie Leichen, eilen in den Flur hinaus, nehmen ihre Überröcke und gehen fort, ohne sich zu verabschieden.

Um halb sechs ist der Fisch ganz zerfallen, und sie telephonieren vom Konditor und wollen bestimmt wissen, wann sie das Eis bringen sollen, und noch hat der Prokurist mit der Frau nicht ausgesprochen.

Da werden die Kinder ganz wild und drängen sich zu ihrer Mama hinein, und dann ertönt erst ein Schrei, als wenn jemand ermordet würde, und hierauf ein Schluchzen, daß ich es durch zwei Thüren hörte und ich auch zu heulen anfing, ohne zu wissen, worum es sich handelte.

Aber daß etwas sehr Schlimmes, etwas unbeschreiblich Trauriges passiert sein mußte, wenn alte, verständige Leute solch ein Mittag stehen und verderben lassen, kann man sich wohl denken.

Nachdem Bankdiener Sjöberg schließlich eine Omelette vertilgt hatte, die für den Vortisch sein sollte, und ein großes Trinkglas Sherry hinuntergetrunken hatte, da er erklärte, so alteriert zu sein, daß ihn seine Füße fast nicht mehr tragen wollten, erbarmte er sich unserer und sagte, es wäre gewiß etwas bei der Bank nicht in Ordnung; denn der Direktor hätte in Gegenwart der Revisoren geweint und gesagt: »Nur einen Monat, und alles soll gedeckt sein. Erbarmen Sie sich meiner armen Frau und meiner unglücklichen Kinder!« Aber dazu waren sie offenbar nicht geneigt, und ein Weilchen später wäre der Staatsfiskal gekommen.

»Dann ist es zu Ende,« sagte ich sogleich, denn ich habe eine tödliche Angel vor Staatsfiskalen und dergleichen seit meiner Kindheit, als es bei Vater brannte, und ein Staatsfiskal kam und ein Gerede machte wegen einer Rußluke und Feuerleiter, die nicht vorhanden waren, und mein Vater beinahe um seine Feuerversicherung gekommen wäre.

Im selben Augenblick hören wir einen Wagen rollen, eine Fensterscheibe im Saal zerbrechen und einen entsetzlichen Schrei, und als wir hinstürzen, sehen wir den Direktor, der ins Gefängnis fortgeführt wird, mit dem Staatsfiskal neben sich – der Fiskal zu seiner *Rechten*, wer hätte sich das am Morgen gedacht? – Und die Frau ist ans Fenster gestürzt und hat es so heftig aufgerissen, daß es gleich zersprungen ist. Erst fiel sie in Ohnmacht, die arme Frau; als sie aber zu sich kam, warf sie den Kopf zurück und murmelte: »Ein Silbersporn hätte niemals diesen Tag überlebt!«

Du lieber Gott, da stand sie und schalt bei sich den Armen, daß er nicht das Elend noch durch einen Selbstmord vergrößert hatte!

Und als ich eine Weile später zu der Unglücklichen hineinging, um zu sehen, ob sie soweit bei Besinnung wäre, daß sie sagen könnte, was mit dem Essen und allem werden sollte, umfaßte sie den Hals ihres ältesten Knaben mit beiden Armen und schluchzte: »Dankt Gott, Kinder, daß es nicht der alte Ehrenname der Silbersporns ist, der in den Schmutz gezerrt wird!«

Da konnte ich mich nicht mehr halten und sagte: »Liebe, gute Frau Direktorin, es ist ebenso schlimm, daß es der Name der Kinder und ihres Vaters ist; aber was sollen wir nun mit all dem schönen Essen anfangen?«

Aber darauf bekam ich keine Antwort und weiß noch heute nicht, was aus all den guten Sachen geworden ist, denn es war viel dabei, was sich nicht aufbewahren ließ. Wohl brachten Sjöberg und der andere Diener ein gut Teil auf die Seite, und Sjöberg sagte zu mir: »Frau Holm,« sagte er, »nehmen Sie sich Fourage mit nach Hause, denn bezahlt bekommen Sie dies Diner doch niemals!«

Aber ich nahm nur zwei Haselhühner, einiges Backwerk und ein großes Stück vom Weinschinken mit, und damit ging ich direkt zu Frau Svensson, der Frau des Gefängnißaufsehers, und sagte: »Untersuchungsgefangene dürfen sich selbst beköstigen, nicht wahr, Frau Svensson?«

»Ja, das ist richtig, Frau Holm!« erwiderte Frau Svensson.

»Nehmen Sie dies und verwahren Sie es, bis der arme Direktor so weit auf Deck ist, daß er was essen will. Das ist von seinem Revisionsdiner!«

Liebeskämpfe

In vielen Liebesverhältnissen hier auf Erden spielen drei Personen eine Rolle. Das ist nach abendländischen Anschauungen eine zu viel.

Der Hans liebt die Grete; aber die Grete liebt den Karl, und der Karl weiß nicht recht, was er will. Da liegt der Plan für eine der erschütterndsten Tragödien, die jemals die Blüte im lenzjungen Rosengarten eines Menschenherzens vernichtet haben.

Johann Kruse war jung und reinen Herzens, was ihm besonders zu statten kam, da er Hilfspastor war. Ein solcher soll ja wohl ein etwas besserer Mensch sein, als z. B. ein Advokat.

Er liebte Egeria Peters mit der ganzen Glut seines jungen, ziemlich unschuldsvollen Herzens, und da er ein streng wahrheitsliebender und aufrichtiger Mensch war, hatte er ihr in einem kühnen Augenblick diesen Sachverhalt offenbart.

Egerias gutes Herz und ihre Sorge um ihre Zukunft erlaubten ihr nicht, sich einer solchen Thatsache gegenüber ganz gleichgültig zu verhalten. Sie dankte ihm für seine Freundlichkeit und sagte, sie wage sich noch nicht zu binden, denn sie kenne ihr Herz noch nicht recht; noch weniger wolle sie ihn jedoch dadurch kränken, daß sie ihn völlig abwiese. Ginge es vielleicht nicht an, die Sache der Zukunft anheimzustellen – dann würde ja alles klar werden!

Und sie rückte, als sie dies sagte, so dicht neben ihn hin auf der Rasenbank, auf der sie in der Laube saßen, daß ein kecker junger Mann sicher die Gelegenheit benutzt hatte, sie zu küssen, was dann auch immer aus der ehelichen Glückseligkeit geworden wäre.

Aber Johann Kruse war jung und schüchtern und Hilfspastor; er begnügte sich daher, ihre Hand zu ergreifen und zu sagen, daß er geneigt wäre, zu warten.

In derselben Gemeinde gab es aber einen Gutsbesitzer, der Karl Waldheim hieß. Er konnte nicht predigen und kannte nicht die griechischen Buchstaben und hatte sich niemals für einen Heiligen ausgegeben; aber er besaß ein großes wohlbestelltes Landgut, auf dem nur eine kleine Hypothek lag.

In unserer Zeit sagt ein verständiges Mädchen nur noch selten,: »Er oder keiner!« Egeria Peters that dies jedenfalls nicht, sie sagte sich vielmehr: »Karl Waldheim oder Johannes Kruse, am liebsten Karl Waldheim!«

Und zwar, weil Pfarrhöfe selten so gut und groß sind, wie Karl Waldheims Rittergut, und dabei die unangenehme Eigenschaft haben, der Witwe nach einem sogenannten »Gnadenjahr« fortgenommen zu werden.

Hier gab es also drei verschiedene Personen in *einem* Liebesverhältnis, demnach, wie ich schon bemerkt habe, eine zu viel. Es wäre ein großer Vorteil für die Menschheit, wenn alle Liebesverhältnisse zwischen Mann und Weib auf je eine Person von jedem Geschlecht begrenzt werden könnten. Die dritte, die Störung hineinbringt, könnte in den meisten Fällen leicht in einem vierten Herzen anderswo untergebracht werden. Na, vielleicht kommt es noch, wenn wir erst nach dem Zonentarif reisen?!

Um aber im Stil einer modernen Novelle zu bleiben: es trat nun eine Zeit verhältnismäßiger Ruhe ein. Pastor Kruse predigte besser, als jemals, ließ sich einen neuen Pfarrock anfertigen und ließ überhaupt seine ganze Bezauberungskunst spielen. Fräulein Egeria entwickelte lebhaftes Interesse für die Landwirtschaft, bot der Schwester des Gutsbesitzers Waldheim ihre Hilfe beim Käsemachen und beim Früchteeinkochen an und stellte dem Käsereibesitzer mit all der Energie nach, die dem Thun des modernen Weibes ein ganz besonderes Gepräge giebt. Die Kirche versäumte sie deshalb keineswegs; aber auch für die Dampfdreschmaschine interessierte sie sich lebhaft. Sie weinte liebevoll, wenn der Pastor bei der Bibelerklärung Lukas 15 auslegte, und sie jubelte und klatschte in die Hände, wenn Karl Waldheim seine jungen Pferdchen einfuhr.

Was Karl Waldheims inneres Gefühlsleben anbetraf, so grübelte er tief über Kreuzung von Ayrshire mit Kurzhorn nach; aber dazwischen scherzte er mit den beiden Mädchen, ließ niemals einen Blick oder Händedruck unbeantwortet und schien nicht unerreichbar für ein Mädchen, das weiß, was es will.

Jede fünfte Woche fragte Johann Kruse, ob Fräulein Egeria betreffs ihrer Gefühle zu größerer Klarheit gekommen wäre.

»Nein, noch nicht, ihr Herz wäre so seltsam unruhig.«

***

Zum Schwersten gehört es, einen Mann zum Freien zu bringen, der nicht will, und auch ein wirklich nettes Mädchen sieht sich oft genötigt, in diesem lobenswerten Bestreben etwas weiter zu gehen, als daß ihre Bemühungen unbemerkt bleiben könnten von der übelgesinnten Welt.

So drang endlich zu Pastor Kruse's frommen Ohren die Kunde, daß seine Egeria es ganz gründlich auf Gutsbesitzer Waldheim anlegte. Voll bitteren Schmerzes fragte er sie offen, ob das wahr wäre. Sie sah ihn mit ihren Augen an, die so blau waren, wie das blaueste Meer, und sagte, es wäre Verleumdung.

Der Pastor glaubte ihr anfangs. Ihm, der auf Grund seines Amtseides an die Augsburgische Konfession, an das Apostolikum u. s. w. glauben mußte, konnte es nicht schwer fallen, an ein schönes, junges Mädchen zu glauben, das seine erste Liebe im Leben war.

Aber eines Tages, als er für Egeria nun fast ein Jahr brannte, sah er sie – wie er auf Gemeindebesuch aus war – mit Karl Waldheim oben auf einem Heuwagen fahren, und Karl hatte den Arm um ihre Taille gelegt, so fest und kräftig, daß sie nicht von der Fuhre hinabrutschen sollte, wobei ihr liebes, süßes Gesichtchen vor dankbarer Hingebung strahlte.

Da brach etwas im Herzen des Pastors, er schwor Fräulein Egeria ewigen Haß und genoß schon im voraus alle die Demütigungen, die er ihr in Zukunft zufügen wollte.

Er wollte Karl Waldheim sagen, was sie für ein Mädchen wäre, sodaß sie ihr Leben lang unverheiratet umherlaufen sollte und sich abplagen müßte, um ihren Unterhalt zu verdienen.

Er selbst wollte eine Sparkassenanleihe aufnehmen und nach der Hauptstadt reisen und noch das höhere theologische Examen machen und Schritt für Schritt die Leiter der Ehre emporsteigen und als Bischof endigen.

Und wenn er dann in seinem Bezirk Pastoratsvisitationen in seiner eleganten Equipage machte, würde er Egeria Peters auf der

Landstraße in abgeschabtem, unmodernem Regenmantel einholen und sie fragen, ob sie um der alten Bekanntschaft willen mitfahren wollte.

Und wenn sie nun wiederkommen und mit ihm gut Freund sein wollte, dann würde er ihr sagen: »O, liebes Fräulein Egeria, haben Sie wirklich Zeit, herzukommen? Ist Karl Waldheims Heu schon eingefahren?«

Und wenn sie sich hier draußen mit einem armen Kerl verheiratete und arm und elend wäre, würde er schon als Dompropst ihre Kinder durch Güte und Freitische demütigen.

Mit seiner Verehelichung würde er warten, bis er schon etwas Großes wäre und ein gräfliches Fräulein mit viel Geld und vornehmen Verwandten bekommen könnte, und Egeria würde vor Neid erblassen, wenn sie davon in den Zeitungen läse.

Ja, er wollte die Kokette völlig vernichten! Eigentlich war sie gar nicht hübsch! Wo hatte er nur seine Augen gehabt?

Er hetzte sich drei Wochen lang jeden Tag schlimmer auf! Er kam dahinter, daß er das Opfer einer fixen Idee gewesen sein müßte und sich nie in seinem Leben etwas aus ihr gemacht hätte.

Eigentlich mußte er Gott danken, daß er sie los wurde, und er fand, kein anderer auf der Welt hätte ihm solch eine Wohlthat erweisen können, als gerade Egeria Peters dadurch, daß sie ihn täuschte.

Er segnete sie und fragte sich, was wohl aus ihm geworden wäre, falls ihm das Mißgeschick widerfahren wäre, daß sie ihn hätte haben wollen.

Er kam sich wie ein zum Leben Wiedergekehrter vor, wie einer, der einer großen Gefahr entronnnen ist.

Während er so umherging und sich in tiefen Haß und größte Verachtung gegen sie hineinredete, begegnete er ihr an einem schönen Spätsommernachmittage auf einem stillen Wege durch ein Kornfeld.

Egeria hatte an diesem Tage von der Schwester des Herrn Waldheim im Vertrauen erfahren, daß ihr Bruder fortreisen und sich mit einer Kindergespielin verloben sollte. Und darum sah sie den Pastor mit den Augen der Liebe an.

»Gut...t...t...ten Tag, Fräulein Egeria!«

Und sie sah ihn noch verliebter an, ungefähr wie eine Ratte ein Stück Käse, oder noch zärtlicher.

Da sank sein Herz in seinen Stiefelschaft hinab, die Thränen traten ihm in die Augen, die Stimme versagte ihm in der Brust, und er streckte beide Hände nach ihr aus und flüsterte:

»Haben Sie Erbarmen ... mein ganzes Leben sei Ihrem Dienst geweiht!«

Und sie erbarmte sich seiner und drückte und küßte ihn und sagte, er wäre ihre erste und einzige Liebe, der einzige Mann, aus dem sie sich je etwas gemacht hätte!

Und er kam sich selbst als der glücklichste Mensch auf Erden vor.

Der Droschkenkutscher

Der Gymnasial-Hilfslehrer Ernst Wallner hatte sich sehr früh und »aus Liebe« verheiratet, bevor noch ein Heller von seinen Studentenschulden bezahlt war, und mit dem ärmsten Mädchen, das er finden konnte.

Das war herrlich – eine Zeitlang; denn es ist wirklich ganz entzückend, jung und frisch und voll Glut zu sein, ohne Fettbildung am Herzen und ohne Verkalkung in den Adern, und dann diejenige in seine Arme schließen zu können, die man am meisten von allem auf Erden liebt, und von ihr als einer der besten Männer der Zeit betrachtet zu werden, der nur ein wenig »Glück« braucht, um auch ein »großer Mann« zu sein. Mag er auch schmalbrüstig sein, und sie eine Kartoffelnase haben und leicht »verstimmbar« sein, sie bleibt doch das »beste und holdeste Weib« und er ein »Mustermann«.

Aber nun hatte Ernst Wallner genug von dem »Festmahle«, wie er da zwischen seinen alten rumpligen Möbeln mit schmutzigen Überzügen umherging, deren »Besitzerin« nach dem Konkurse und dem »Ankauf« durch gute Freunde und der Aufhebung der Gütergemeinschaft Frau Elise Wallner war. Er ging mit Manschetten umher, die sorgfältig mit der Papierschere »beschnitten« waren, in »umgewendeten« Kleidern mit Brusttaschen außen auf beiden Seiten, damit die Leute nicht recht wissen sollten, wie es mit seinem Rock stände. Er trug in seltsamer Weise geflickte Stiefel und gab fünf Privatstunden am Tage.

Sowohl er, als Frau Elise waren zu ehrenhaft, einander in der Not zu hassen und die Ehe an sich unglücklich zu machen; sie lebten ruhig und still, wie zwei hungernde Schiffbrüchige auf einem Boot; aber beide erkannten, daß es »anders« vielleicht hätte besser für sie werden können.

Und als dann ihre Tochter zwanzig Jahre alt war, schön, wie knospende Apfelblüten, und gewachsen, wie eine Nymphe, freundlich und hold und mit klarem Kopf – wer wird sich wundern, daß sie ihr ein besseres Los gönnten, als sich selbst? Wer wird es erstaunlich finden, daß ihre Mutter sie vor *armen* Männern fast mehr warnte, als vor der Sünde?

Aber Thora Wallner hatte das jugendliche, dumme, warme Herz ihrer Eltern geerbt, und darum schenkte sie es natürlich dem ärmsten Manne, den sie auf dieser Erde traf, dem Sohn eines Hilfspfarrers in dem Dorfe, wo der Gymnasiallehrer in einer Hütte seine Sommerwohnung zu mieten pflegte. Der junge Mann war damals Student der Philosophie und hatte bereits bei der Sparkasse der Gemeinde eine Anleihe mit der Unterschrift seines Vaters und des Pastors gemacht.

Thora sah die Not und die Sorge daheim, sie sah die verhärmten Züge der Mutter und den elenden Anzug des Vaters; aber sie sah auch Axel Thorens flotte Gestalt, seine leuchtenden dunklen Augen und wallenden Haare, und da wurde sie eigensinnig und verdrießlich, eilte über Berge und Thäler, sprang über Gatter und Zäune und ruhte in den starken Jünglingsarmen und ließ sich von jugendfrischen Lippen küssen.

Aber dann kam ein Sommer, in dem sie all das Herrliche nicht sah, da Axel an einem andern Ende des Landes eine Stelle als Hauslehrer hatte, und da selbst die fünfzig Mark, die die Sommerwohnung kostete, für den armen Papa zu viel wurden, da Mama so beängstigend hustete und Papa weinte und sie ihre Wohnung in der Stadt gegen eine noch kleinere in einem Vorort vertauschen mußten.

Und in dem darauffolgenden Herbst wurden in dem feinsten Hause der Hauptstraße der Stadt in der Parterre-Etage große Fenster ausgehauen und Ladentische hineingesetzt, und in den großen Schaufenstern Decken, Teppiche und Gardinen ausgestellt und in einem eine Figur, die so fein drapiert war mit Seide, Samt und Spitzen, wie man es noch nicht einmal bei der Landrätin gesehen hatte.

Und Besitzer all dieser Herrlichkeiten war der Kaufmann Willgott Andersson, der kam, Thora Wallner sah und sich besiegt fühlte.

Er war den ganzen Winter hinter ihr her, er verkaufte an Frau Wallner einen Plüschmantel für 40 Mark, der besser war, als ihn die Frau Rektorin für 80 Mark gekauft hatte, weil »sie es war«, und als der Frühling kam, legte er Thora sein Putz- und Modewaren-Magazin, sowie seine eigene kleine gestutzte und keineswegs unansehnliche Persönlichkeit zu Füßen.

Mama hustete schlimmer, als je. Bruder Gustav war neulich aus seinem Posten als Bahnassistent an einer kleinen Station Knall und Fall entlassen – es war wohl etwas bei der Kasse nicht in Ordnung – und wenn Besuch kam, mußte Thoras Shawl »zufällig« immer so auf die Ecke des Sofas in Papas Zimmer hingeworfen liegen, daß man nicht die Spuren der Füße des Familienversorgers sah, die da dreißig Jahre beim Mittagsschläfchen geruht hatten.

»Ich will dich nicht zwingen, Kind!« sagte eines Tages der Gymnasiallehrer Wallner und strich mild über Thoras glänzendes, braunes Haar hin, »aber – hast du die Einkommen-Steuereinschätzung in der Zeitung gesehen?«

Das hatte sie. Da stand eine Zeile: »Großkaufmann W. Andersson... 12000«

Zwölftausend Mark im Jahr, das war Reichtum in dem Städtchen, und Axel Thoren mußte noch drei Semester studieren.

Aber es ging nicht so schnell. Thora Wallner hatte ein kleines, aufrührerisches Herzchen, das dagegen kämpfte, so sehr es vermochte; aber schließlich es ging doch, und nach einem Kampf von einem Jahr wurde aus dem Lager des Anderssonschen Magazins das prächtigste Brautkleid genommen, das vorhanden war. – – –

Axel Thoren hatte begonnen Trinker zu werden. Na, das wäre er vielleicht auch sonst geworden; es gibt viele junge Männer, denen das passiert.

Und als der alte Dompropst in der Kirche gerade las: »Darum thue Gott danken für solche eine Gattin...« und Mama hustete und weinte und Papa sich vor Rührung die Nase schnob und Thora erbleichte, sodaß ihr Schwesterchen unwillkürlich die Arme nach ihr ausstreckte – gerade da schaufelte ein mächtiger Propeller den Axel Thoren über das Atlantische Meer nach dem freien Amerika, da er wohl eine dunkle Ahnung hatte, daß sein Vaterland ein bißchen eng werden würde für ihn und das Ehepaar Andersson.

Nun sagt man oft, daß man »drüben« besser »fortkommen« könne, als in der Heimat; aber keine Regel ohne Ausnahme. Willgott Anderssons Geschäfte daheim gingen vortrefflich, die Axel Thorens im neuen Erdteil so schlecht, wie möglich.

Die Anderssonschen Eheleute bekamen Söhne und Töchter, die Taufe ihres vierten Kindes war eines dieser Feste, die man in kleinen Städten nicht so bald vergißt.

An diesem Tage war auch Axel Thoren in festlicher Galakleidung und feiner, als je, denn gerade, als die kleinste Andersson im gestickten Tragkleidchen mit Seide darunter in die Kirche getragen wurde, wo der Dompropst ihrer wartete, zog Thoren als Unteroffizier in der Uniform des königlichen Gardekorps unter klingendem Spiel von tausenden von Menschen bewundert, mit der Wachtparade über den Schloßplatz zum Königsschloß, nachdem Amerika sich als nicht passend für seine Begabung erwiesen hatte.

Willgott Andersson ging es ökonomisch zu gut, und er war seelisch zu eng, um eine Frau wirklich unglücklich zu machen. Die Zeit verging, und Thora lebte dahin. Ihr Herz blutete anfangs, verblutete aber nicht; sie vergaß niemals ihre Jugendliebe; aber diese wuchs tiefer und tiefer ins Herz hinein, und die Wunde vernarbte, wie eingeschnittene Namen in weißen Birkenrinden, wenn die Witterung hilft und Jahre vergehen.

Und sie half den Ihrigen, so gut sie konnte, und nahm seine Gewohnheiten an und ließ bisweilen ein wenig ihr Gold klingen. –

Und an einem Sommerabend stampfte sie mit ihren zierlichen Lackschuhen ebenso ungeduldig den Boden im Vestibül des Grand Hotel in Stockholm, wie ihr Mann mit seinen Promenadenschuhen, als der bestellte Mietswagen nicht kam, mit dem sie hinausfahren wollten, um im Freien zu soupieren. Und sie rief zornig: »Nehmen wir einfach eine Droschke!«

Das thaten sie.

Es war schön und gemütlich draußen, das Essen in dem eleganten Restaurant vorzüglich, der Champagner gut gekühlt, das widerspänstige Herz längst gebändigt, und das Leben lag gleichförmig, wie ein Schachbrett vor Herrn Willgott Andersson und Frau.

In dieser Stimmung bekam der Droschkenkutscher ein weit besseres Trinkgeld, als es sonst üblich war.

Man fuhr zur Stadt zurück und hielt spät am Abend vor der Opernterrasse. Eine halbe Stunde dort oben mit dem Blick auf den

Strom ist so schön, und ein bißchen schwärmen schadet nichts, wenn man einmal auf 18 000 Mark Jahreseinkommen eingeschätzt ist, wie es Herr Willgott Andersson nun war.

»Hm – ich habe kein Geld mehr. Wir müssen's dem Oberkellner sagen... oder hast du vielleicht...?« sagte Herr Andersson, als sie am Hotel ausstiegen.

Ja, Frau Willgott Andersson, geb. Wallner, hatte so viel Geld bei sich, daß sie den Kutscher bezahlen und ihm auch ein Trinkgeld geben konnte.

Als sie aber mit einem freundlichen »Bitte sehr!« ihm die Münzen hinaufreichte und ihm dabei zugleich ins Gesicht sah, entfuhr ein erstickter Schrei ihren Lippen, und sie wäre beinahe auf dem Trottoir umgesunken, wenn ihr Mann nicht schnell den Arm um ihren Leib gelegt hätte.

»Was ist dir, Thora?«

»Ach, mir ist plötzlich so schlecht... komm, gehen wir hinein!«

Herr Willgott Andersson sah im Hineingehen erstaunt der Droschke nach, die plötzlich in rasender Schnelligkeit davonsauste, sodaß der Schutzmann an der Ecke dem Kutscher warnend drohte.

***

An einem auf den Strom hinausgehenden Fenster des Hotels saß Frau Willgott Andersson sehr bleich, mit wunderlich großen, starren Augen, als wenn sie in weite Ferne blickte. Sie fror, trotz des schwülen Sommerabends, und meinte, eine Tasse Thee würde ihr gut thun.

Aber in dem engen, schmutzigen Hof des Droschkenstalls stand ein Kutscher gegen die Droschke Nr. 407 gelehnt und hielt die Hand vor die Augen und wurde von konvulsivischem Weinen durchschüttelt, während einige blanke Thaler auf dem Kissen und dem Fußbrett des Bocks lagen und im Mondschein blinkten.

Aber da nahm der Futterinspektor ein Blatt vom Mund und sagte in der stillen Nacht:

»Na, weeßte, Axle, bei dich is det Dillirium nu aber ooch schon im höchsten Jrade ausgebrochen! Du willst vielleicht, daß 'n andrer ooch deene Kutsche nimmt? Ik segg' dir, Axle, nimm dir in acht, du alter Fuselfritze, daß du nich ooch hier an die Luft fliegst, wie beim Regiment! Ein Kerl, der heult! Pfui Deiwel, dat is der Suff, lieber Thoren!«

Meine Herzenskönigin

Auf dem Wege der Töne hatten sie schließlich einander gefunden, auf dem der Töne und des Gedichtes.

Sie entsann sich jenes Sommers noch so genau! Wie konnte sie ihn auch je vergessen!

Er war der Bruder des Hausherrn des reizenden Landsitzes, und sie die beste Freundin der Frau. Gleich als sie im Juni dort hinauskam, hörte sie alle Tage von »Julius« reden. »Julius, der Taugenichts!« sagte der Hausherr, aber sein Gesicht strahlte, wenn er von dem Bruder sprach. »Wir warten wohl damit, bis Julius kommt,« sagte die Frau, wenn es sich um einen weiteren Ausflug, einen Besuch in der Nachbarschaft oder ein anderes Vergnügen handelte. »Liese soll nicht auf die Weide hinaus, denn auf ihr soll Herr Julius reiten,« erklärte der Kutscher, als Hertha ihn fragte, warum die graue Stute allein drinnen stehen müßte und nur herumgeführt würde, während alle ihre Kameraden draußen im Roßgarten ihre volle Freiheit hatten. »Nun ist im Zimmer des Herrn Julius alles in Ordnung,« rapportierte schließlich die Kammerjungfer, und am selben Nachmittag kam er selbst mit seinem dunklen, lockigen Jünglingskopf, seinem Violinkasten und dem besten Kapellmeisterzeugnis des Musikkonservatoriums an.

Musizieren war auch Herthas schönstes Vergnügen, allein sie bedurfte einiger Tage, bevor sie wagte, sich mit dem »Kapellmeister« einzulassen, dessen überlegene Fertigkeit sie bald erkannte. Aber nachdem das Eis einmal gebrochen war, nahmen die Duette gar kein Ende, sowohl in Gesang, wie in Violine mit Piano.

Herr Julius war ein Sonntagskind der Musen. Nicht nur, daß ihm die Töne nach Gefühl und Gedanken sich zu schönen, gefälligen Melodieen formten, er hatte auch einen hohen und vollen Tenor und ein nicht geringes Maß poetischen Talentes. Die Wenigen, die seine kleinen Dichterversuche gelesen hatten, fanden vielleicht nicht so sehr viel daran; aber wenn er sie in das Gewand der Töne kleidete, das er selbst geschaffen hatte, und sie selbst spielte oder sang, vermochte er fast jeden zu rühren.

Und am wenigsten von allen war Hertha auf der Hut vor seiner Zaubermacht. Sie genoß sie in vollen Zügen und fühlte eine Seligkeit, wie noch nie zuvor; sie war sprudelnd froh und heiter und witzig, und es verging ein ganzer Monat, ohne daß sie nur mit einem Gedanken daran dachte, daß auch dieser Sommer schließlich zu Ende gehen mußte.

Dann trat einer jener unbedeutenden Zufälle ein, die urplötzlich blendendes Licht in den verborgensten Winkel unseres Herzens werfen, und in der bekannten Weise die Seligkeit in Qual und die Freude in Thränen in langen, schlaflosen Nächten verwandeln. Sie mußte sich plötzlich losreißen, so lange es noch möglich war, sie mußte fort, weit fort und ihn niemals wiedersehen.

Und eines Morgens erzählte sie mit einer Gleichgültigkeit, die zu stark erschien, um natürlich zu sein, und in Ausdrücken, die sie sich in stundenlanger Mühe zurechtgelegt und eingeübt hatte, daß »sie am nächsten Dienstag ›Baumfried‹ verlassen müßte.«

Es war, als wäre eine Bombe am Kaffeetisch niedergefallen. Die Frau war »empört« und der Gutsherr »wütend«; nur Julius saß und zerschnitt seine Buttersemmel, als wenn er nichts gehört hätte.

»Aber warum in aller Welt ...?«

Hertha hätte einen Brief bekommen; es handelte sich um eine Stelle ...

»Aber seit vorgestern ist ja keine Post angekommen, und *da* sagtest du nichts ...?«

Sie hätte anfangs nicht die Absicht gehabt, die Stelle anzunehmen; aber bei längerem Nachdenken ... Ja, sie müßte ganz bestimmt abreisen!

Von dem Augenblick an, da die Trennung auf Tag und Stunde bestimmt war, hielt sie sich nicht mehr so scheu von ihm fern, wie sie es in den letzten Tagen gethan hatte; der zum Tode Verurteilte bekommt ja immer seine letzten Wünsche erfüllt.

Und dann saßen sie am letzten Abend allein im Salon. Ob sie das Duett noch einmal singen sollten? – Nein, sie wäre nicht disponiert. – Ob sie ihn zu ein paar alten, bekannten Sachen begleiten wollte? – Er möchte verzeihen, sie wäre so müde.

Dann setzte er sich an den Flügel und begann zu phantasieren, und sie nahm weiter vorn am Fenster auf einem Ruhesessel Platz. Und die rhapsodischen Melodieen flossen ihm zu einem neuen Tongedicht zusammen, das ihre Wangen zum Glühen und ihr Herz zum Höherschlagen brachte. Es waren weiche, bittende, herzliche Töne, die aus weiter Ferne zu kommen schienen, und je näher sie kamen, verwandelte sich die Weichheit in Kraft und die Bitte in Jubel, und froh, stolz klangen die Melodieen wie eine Siegeshymne aus.

Sie lauschte atemlos mit einem Gefühl, als wäre ihr eine Frage gestellt, auf die Antwort erwartet würde.

»Das war bezaubernd! Wie haben Sie das genannt?«

»Aber wie können Sie wissen, daß es von mir ist?«

»Das ... ja, das weiß ich. Wie heißt es?«

»Meine Herzenskönigin! Darf ich Ihnen vielleicht auch die Worte vorsingen?«

Es kommt bisweilen vor, daß auch kleinere Dichter – und etwas anderes war ja Julius auf diesem Gebiete nicht – sich hoch über ihr gewöhnliches Niveau erheben und etwas Gewaltiges schaffen unter dem Einfluß einer starken Gefühlserregung.

Hertha erbleichte. So etwas hatte er noch nicht gedichtet, so würde er gewiß niemals mehr singen. Natürlich füllte sich ihre Brust mit einer unbezwinglichen, unnennbaren Freude, und wie hypnotisiert schritt sie auf das Piano zu.

Als der letzte jubelnde Ton verklungen war, lag sie in seinen Armen, sie waren verlobt.

»Meine liebe Braut!« flüsterte er zärtlich und strich sanft über ihr lichtes Haar. »Du begriffst doch, wer ›meine Herzenskönigin‹ ist?«

Ob sie verstand!

Hertha reiste natürlich nicht ab, nahm auch keine Stelle an; aber um so mehr sangen sie Duette.

Als sie ein paar Tage später alle vier im Salon versammelt waren, und Julius, wie gewöhnlich, an seinem Instrument saß und »klimperte«, wie sein Bruder wenig achtungsvoll sein »Phantasieren«

nannte, kam er in die ersten Takte der »Herzenskönigin« hinein. Aber plötzlich brach er ab, erhob sich schnell und schlug den Klavierdeckel zu.

»Warum denn?« fragte Hertha verwundert.

»Das soll nur für dich sein, allein für dich, verstehst du?«

Sie fühlte, daß sich ein Opfer dahinter verbarg, sie empfand instinktiv, etwas Besseres würde er niemals schaffen, und sie jubelte bei dem Gedanken, daß dies Beste, Herrlichste ihr allein gehören sollte.

Sein Talent und seine einnehmende Persönlichkeit verschafften ihm bald eine einträgliche Stellung als Musikdirektor in einer großen Provinzstadt, in deren Gesellschaftsleben Julius sogleich den Mittelpunkt bildete, verwöhnt und verhätschelt von allen, bewundert von den Frauen und beneidet von den Männern.

Aber bisweilen zog er sich völlig zurück, schloß sich mit Hertha von der Welt ab und erfreute ihr Herz und ihre Seele mit den Tönen, die nur für sie allein komponiert waren. Und dann durfte kein anderer zuhören, als der Kleine, der ihnen beiden gleich nahe stand.

Schließlich wollten aber gar keine Abende mehr für die »Herzenskönigin« übrig bleiben. Er wurde hin- und hergehetzt, von Fest zu Fest, von Kreis zu Kreis, und konnte sie ihn nicht immer begleiten, dann, ja dann *mußte* er eben allein gehen. Und er reiste in die Weltstädte als Pianist weltberühmter Sängerinnen und brachte die schönsten Photographien in Boudoirformat mit schmeichelhaften, bisweilen sehr warmen Dedikationen auf der Rückseite, in französischer und italienischer Sprache, mit.

Und einige von den Divas wurden zu Hause sogar auf den Flügel gestellt, der fast niemals mehr geöffnet wurde. Er benutzte den im Übungssaal, und sie »hatte keine Lust«.

Ihr blondes Köpfchen wandte sich nach ihm um, wie sich die Blume der Sonne zukehrt, wenn er, umschwärmt, bewundert und ausgezeichnet, sich im Damenkreis bewegte. Und wenn er unter Beifallsbrausen nach beendigter Ausführung einer Programmnummer den Blick erhob, begegneten ihm immer, näher oder ferner im Raum, aber stets so, daß sie ihn mit ihrem Blick umfangen konnten, ein paar blaue Augen, die in Liebe strahlten.

Er richtete es ständig so ein, daß er ein- oder zweimal im Laufe des Abends in ihre Nähe kam, und dann sagte er ihr ein paar freundliche Worte oder streichelte ihre Wangen oder drückte ihre Hand; auf dem Heimwege dagegen war er meist still und vertiefte sich in die Erinnerungen vom Abend, und immer seltener fragte er sie, was sie von seinen neuen Schöpfungen hielte. Er meinte, daß ihm die Generalin P., Signora Puletti, Freiherrin Z. und viele andere genug darüber sagten.

Sie fühlte, wie er ihr mehr und mehr entglitt. Es fiel ihr nicht ein, und sie hatte auch keinen Grund dazu, eifersüchtig auf eine bestimmte unter den Frauen zu sein, die ihn umringten, vergötterten und um »Lektionen« baten; aber sie war eifersüchtig auf sie alle, weil sie seine Zeit und seine Gedanken in Anspruch nahmen, auf das Gesellschaftsleben, selbst auf seine Genialität, die sie doch zugleich so stolz machte. Vielleicht hätte sie weniger gelitten, wenn es sich um eine einzelne Frau gehandelt hätte. Dann würden die Welt, der Stolz, die Liebe, ihr Mutterrecht ihr zu Hilfe gekommen sein, dann hätte sie denken können, es sei nur ein vorübergehender Sinnenrausch; aber die vielen, von denen keine ihm ein wärmeres Gefühl abgewann, waren vereint zu stark gegen sie.

Und die bittenden, flüsternden, jubelnden Töne in seiner »Herzenskönigin« – sie hatte sie nun wohl in Jahr und Tag nicht gehört.

Da wurde im Anfang des Sommers ein großes öffentliches Musikfest gegeben. Die vornehmsten Künstler der königlichen Oper waren auf einer Ferientournee auch in die Stadt gekommen, in der Julius wohnte, und alles, was es an Musikinteressenten in der Stadt gab, hatte sich nach Schluß des Konzerts zu einem Huldigungsschmaus für die gefeierten Künstler vereinigt. Aber man wollte dabei auch mit den künstlerischen Größen des Platzes glänzen, und Musikdirektor Julius mußte hervor mit Violine und am Klavier, einmal um's andere, und schöne Köpfe umringten ihn und kleine weiße Händchen legten sich eifrig und bittend auf den Ärmel seines Fracks.

Als er schließlich wieder auf den Pianostuhl genötigt war, wußte er kaum noch, was er zum Besten geben konnte. Er ließ die Hände spielend über die Tasten gleiten, und dann schlichen sich weiche, innige, bittende Akkorde hervor.

Plötzlich blickte er auf, als wenn ihn jemand gerufen hätte.

Dort bei der Thür erhob sich Hertha von ihrem Stuhl und preßte konvulsivisch ihre Hand gegen das Herz und starrte ihn mit einem Ausdruck des Entsetzens an. Und als sie seinem Blick begegnete, bat jedes Atom in ihrem Gesicht, die thränengefüllten Augen, die roten Lippen, das kleine zitternde Kinn: »Nicht das, Julius! Nein, nicht das! Entsinnst du dich nicht ...!«

Es gab etwas in seinem Herzen, das bei diesem angstvollen Blick erbebte, und die ersten Takte von »Meine Herzenskönigin« brachen mit einer seltsamen Dissonanz ab.

Der Musikdirektor entschuldigte sich, daß er nicht mehr spielen könne, und ein Weilchen später gingen die beiden still die Straße entlang nach Hause.

Hertha blickte mit unterdrücktem Weinen zu ihm auf, legte die Hand auf seinen Arm und flüsterte:

»Verzeihe mir! Bist du sehr böse? Es war ja kindisch – aber du hattest mir einst gelobt ...«

»Ja, das hatte ich,« erwiderte er und drückte ihren Arm an sich.

Dann gingen sie die Treppe hinauf und betraten das Entree, aber anstatt, wie gewöhnlich sich schleunigst in das Schlafzimmer zu begeben, sich auszukleiden und die Lichter auszulöschen mit einem flüchtigen »Gute Nacht, Liebste!« – schlang er den Arm um sie und zog sie mit sich in den Salon, wo er sie auf einen Fauteuil setzte und einen Kuß auf ihr blondes Haar drückte.

Und dann ging er zum Flügel hin, setzte ungeduldig all die Photographieständer auf das Sofa hinunter, öffnete ihn und schlug an.

Er lachte halb wehmütig. Sein, des Meisters, Instrument war nicht sonderlich gut gestimmt. Aber das mußte sich nun gleich bleiben.

Und dann klangen sie wieder hervor, die alten, lieben Töne, die liebsten auf der Welt, wieder liebkosten sie in Worten und Tönen, und wie damals, als sie sie zum erstenmale hörte, wurde sie unwiderstehlich in seinen Arm gezogen. Aber bei der Erinnerung an den ersten Abend und an alles das, was dazwischen lag, war etwas, was in ihrem Herzen bohrte, und große, heiße Thränen fielen auf seine Wange herab.

»Meine Herzenskönigin, mein Alles auf Erden!« flüsterte er weich.

»So fühlst du vielleicht heute, Julius, aber morgen ...«

»Morgen nehme ich mir zwei Monate Urlaub, und dann ziehen wir einige herrliche, schöne Wochen, alle drei, aufs Land, und den Flügel nehmen wir auch mit.«

Sie waren an's Fenster getreten, und er hatte sie auf sein Knie niedergezogen. In der hellen Sommernacht sah er, wie es in ihren Augen bei seinem ersten Wort aufstrahlte; aber wie sie maulte, als sie hörte, daß das Instrument mit sollte.

»Du willst draußen doch Musikarbeiten machen?«

»Ja, Liebste!«

»Was willst du ... (es war so lange her, daß sie an seinen Arbeitsplänen teilgenommen hatte) ... was willst du vornehmen?«

»Ja, wir müssen im Ernst das alte Lied repetieren, Hertha, die Strophe, du weißt:

»Ach, nur für dich in der weiten Welt,
Meine Herzenskön'gin, ich noch singe.«

Denke dir, die hatte ich beinahe vergessen!«

Sie schmiegte sich an ihn und verbarg ihr blondes Haupt an seiner Brust.

»Woran denkt meine Hertha?«

»Ach, ich bitte Gott ... *wenn* dies nur ein Traum ist, möchte er so gnädig sein, mich niemals mehr daraus erwachen zu lassen ...«

Eine Enttäuschung

Herr Emil Land fühlte sich körperlich und seelisch besonders wohl. Er hatte sich für einen Monat von allen Geschäften frei gemacht und wollte sich amüsieren. Die Geschäfte gingen so gut, daß er ohne Bedenken zweitausend Mark auf Reisen mitnehmen konnte, die ausgegeben werden durften.

Er war noch jung, nur siebenunddreißig Jahre alt und konnte das Leben noch in vollen Zügen genießen. Seine Zähne waren wohlerhalten, er war frisch und stark, Junggeselle und nicht verlobt, aber mit viel Sinn für weibliche Schönheit. Er trug neue, elegant sitzende Kleider und hatte einen zweiten solchen Anzug in seinem Koffer. Er hatte gut gefrühstückt und am Abend vorher gebadet. Seine Stiefel drückten ihn nicht und sahen doch elegant aus. Er hatte ein reines Gewissen und sah sehr nett aus, ohne eigentlich schön zu sein.

Für einen solchen Mann ist es ein Vergnügen, hinauszureisen und sich ein wenig auszulüften.

Er war auch sehr zufrieden mit sich selbst und der Welt, als er in den Eisenbahnzug einstieg, der ihn nach dem Norden führen sollte, und hätte er nicht den Staub im Waggon gefürchtet, der sich auf seinen feinen Reiseanzug legte, dann hätte er das seltene Bild eines völlig zufriedenen, glücklichen und sorgenlosen Mannes gewährt.

Aber er war noch keine fünfzig Kilometer gefahren, so war er schon weniger zufrieden. Ahnungen begannen in seinem Innern aufzusteigen, daß es auf der Erde, ja in seinem eigenen Coups *noch* glücklichere Menschen gab als ihn. Da saß nämlich ein junges, schönes Paar in fast ebenso feinen Kleidern, wie er selbst, blühend vor Gesundheit, im Lenz des Lebens, glücklich und offenbar in inniger Liebe verbunden.

Emil Land seufzte. Er reiste allein und hätte gern diese da oder eine ähnliche als Frau mitgehabt, denn ein so entzückendes Geschöpf hatte er noch nicht gesehen.

Seine Gefühle, die für gewöhnlich sich recht ruhig verhielten, steigerten sich jetzt rasch, da er an nichts Anderes zu denken hatte. Nach fünfundfünfzig Kilometern war er auf den andern Herrn neidisch, nach sechzig haßte er ihn, nach siebzig leitete er ein Gespräch ein, nach achtzig nahm er seine Karte vor und meinte, es sähe danach aus, daß sie eine weitere Strecke zusammenreisen würden und daher ...

Der fremde Herr, der nur gebrochen deutsch sprach, sagte, er hieße Louis Regard, und stellte die Dame als seine Schwester Mademoiselle Josephine vor.

Seine »Schwester«! »Mademoiselle«! Emil Land war gutherzig und nicht nachtragend. Sein Haß verschwand und machte einer Sympathie Platz, die sich mit jedem Kilometer steigerte.

Mademoiselle Josephine war eine reizende Reisegefährtin, lebhaft und interessant, ohne alle Prüderie, die unsere Mädchen so reizend macht, wenn man mit ihnen in Gesellschaft verkehrt, die einen aber zur Verzweiflung bringen kann, wenn man sie auf Reisen trifft, wo die Zeit beschränkt ist.

Als sie hundert Kilometer gefahren waren, liebte Emil Monsieur Regard wie einen Bruder und beschloß, zu sterben oder sein Schwager zu werden.

Wenn es nötig sein sollte, würde er um weitere zweitausend Mark nach Hause schreiben und ihnen bis an's Ende der Welt folgen.

Man behauptet, daß es keinen vollkommen glücklichen Menschen geben könne; aber während mehrerer Stunden war Emil ein solcher Mensch.

Es gab Augenblicke, da er gewünscht hätte, Mademoiselle Josephine wäre etwas weniger vornehm zurückhaltend gewesen, denn, trotz all ihrer Lebhaftigkeit und Offenherzigkeit, war sie doch so, daß Herrn Emil Land die zärtlichen Worte im Halse stecken blieben, wenn er die weicheren Gefühlssaiten berühren wollte; aber war sie nur erst die Seine, dann würde er über diese noble Art, die Leute von sich fern zu halten, noch viel stolzer sein.

In einem andern Augenblick lieh er Monsieur Louis siebenhundert »Francs«. Emil war in seinen Freundeskreisen dafür bekannt, daß er solche kleinen Dienste nicht gern leistete. Aber es ist ein Unterschied, ob ein alter, bekannter Trottel daherkommt und Geld leihen will, oder ein feiner, junger Franzose mit solch einer Schwester die Summe in »Francs« haben will. Und es ist ein Unterschied, ob der Borger sich schüchtern und verlegen in's Kontor schleicht und einem das Geheimnis seines Herzens anvertraut, als wenn es sich um einen Kindesmord handelte, oder mit blitzenden Brillantringen an den Fingern vor einem sitzt und von der Sache als einer Bagatelle spricht, einer Verlegenheit, die dadurch entstanden ist, daß man schneller abreisen mußte, als man erwartet hatte, so daß der Bankier nicht die richtige Adresse hatte.

Und es gab noch andere Augenblicke, da Emils Herz nahe daran war, vor Liebe zu brechen, da er es ganz unmöglich fand, in seiner Brust diesen – Ocean seiner Liebe, diesen Vesuv seines Verlangens zu verschließen.

Und schließlich kam ein Augenblick, da er infolge der Zerstreutheit des lieben Louis im Eisenbahnrestaurant für drei bezahlen mußte.

Sie blieben ein und einen halben Tag an einem dieser Nordlandsplätze, die der liebe Gott in strahlender Sonnenlaune geschaffen zu haben scheint. Aber auch hier verstand es Mademoiselle Josephine, ihn durch entzückende Schamhaftigkeit daran zu verhindern, ihr sein Herz zu öffnen.

Statt dessen durfte er vier Flaschen Pommery öffnen lassen.

Am Tage schwamm Emil Land in einem Meer von Staub, Rauch, Liebe und moussierenden Weinen, in den Nächten stand er ohne Rock und Weste und mit offenem Hemd am Fenster, damit der Nachtwind seine heiße Brust kühlen sollte. Dabei seufzte er »Seelenfängerin!«

Unterwegs hatte er schon einen Sprachführer gekauft, um zu sehen, ob es leichter sein würde, in ihrer eigenen Muttersprache zum Bekenntnis zu schreiten; aber da stand nur von Hotels, Eisenbahn, Besuch in Läden und dergleichen.

So versuchte er es denn mit der Augensprache, mit solchem Erfolge, daß Josephine mit wahrnehmbarem Erschrecken rief: »Mein Gott, Sie haben sich wohl beim Baden erkältet! Sie sehen ja aus, als wollten Sie sterben!«

Am Abend darauf wurden seine Gefühle übermächtig, und über seine Lippen brach eine brausende Flut von Worten hervor, die einen Teil von dem verrieten, was er für sie empfand. Das schien jedoch mehr, als genügend zu sein, denn Mademoiselle Josephine wurde von solch verschämter Verwirrung ergriffen und konnte nichts weiter sagen, als daß sie es für unmöglich hielte, daß sie etwas mehr, als Freunde, für einander werden könnten.

Nachdem er in glühenden Farben seine Liebe geschildert, fiel ihm der praktische Sinn der Franzosen ein, und er begann, seine Vermögens- und Geschäftsverhältnisse in einer Weise darzustellen, die zu seinem Unglück hätte werden können, wenn daheim ein Steuerkommissionsmitglied etwas davon gehört hätte.

Sie lauschte seinen Vertraulichkeiten mit feuchten Augen, sagte aber, sie dürfte seinen verlockenden Anerbietungen nicht Gehör schenken.

Sie »dürfte« nicht? Hätte sie denn einem Andern Treue gelobt? Er wäre kein Gentleman, wenn er nicht zurücktreten wollte, sobald er erkennen würde, daß er nicht mehr ihr Herz besäße; andernfalls erbot Land sich, ihn aufzusuchen und ihn totzuschießen!

Da sagte sie, er kenne eben nicht ihr Leben und ihre Verhältnisse.

Worauf Herr Land sehr fein antwortete, daß er auch die Sonne nicht näher kenne oder den Himmel und die kleinen Engel, aber sie doch von Herzen lieb hätte.

Als er dann aber zum Angriff überging und sie in seine Arme schloß, ließ sie sich allerdings einigemal küssen, riß sich dann aber in holder Verwirrung los, versprach, sich am nächsten Tage näher zu erklären, und eilte aus dem Garten des Hotels, wo diese Scene stattgefunden hatte, auf ihr Zimmer.

Herr Emil Land lag in Liebe und Schmerz und Leid bis drei Uhr morgens wach. Als er dann endlich einschlief, forderte die Natur ihr Recht, und er schlief bis neun Uhr.

Da erhielt er ein kleines Billet, das ihn benachrichtigte, die geliebte Reisegefährtin wäre mit dem Frühzuge um fünf Uhr abgereist, dankte ihm für angenehme Gesellschaft und drückte die Vermutung aus, daß sie sich kaum im Leben wiedersehen würden.

Es kann wohl für die Stärke seiner Gefühle Zeugnis ablegen, daß Emil Land in diesem Augenblick seinen siebenhundert Francs keinen Gedanken widmete.

Er kam als enttäuschter Mann nach Hause sicherlich reicher an Erfahrung, aber mit großen Flecken auf den hellen Sommeranzügen, nicht erst zu reden von dem gebrochenen Herzen.

Alles, was die Mädchen und Mütter daheim auch für ihn thaten, war vergebens. Ebensogut hätten sie mit dem Pumpenschwengel kokettieren oder mit einem Porzellanhündchen flüstern können.

Im folgenden Jahr trieb es ihn wieder hinaus, nicht gerade das Verlangen, sich zu amüsieren, sondern die geheime Hoffnung, Mademoiselle Josephine wiederzusehen.

Und seine Hoffnung sollte sich erfüllen!

Nicht in einem Eisenbahnwagen, nicht in einem eleganten Badeort, nicht in einem Theater, oder auf der Straße, sondern zuerst auf einem Zirkusprogramm als Schulreiterin und dann im Zirkus selbst.

»Geliebte! Dein Beruf war also der Grund, weshalb du nicht die Meine werden wolltest! Du schämtest dich deiner Lebensstellung und flohst aus zarter Rücksichtnahme! O, ich werde dich besitzen, ob du nun am Trapez arbeitest oder auf einem Seil unter dem Dache wie eine Fliege auf- und abgehst!«

So sprach Emil Land zu sich selbst.

Nicht einmal jetzt dachte er an seine siebenhundert Francs, wiewohl er Monsieur Louis Legard in einem Clown erkannt hatte, so daß die Wiedererlangung der Summe nicht gerade im Gebiet der Unmöglichkeit gelegen hatte.

Aber war Monsieur Louis wirklich ihr Bruder?

Im Theater und Zirkus nimmt man es bisweilen nicht so genau mit der Verwandtschaft...

Herr Land war durch Leiden und Unglück geläutert, er stürzte nicht auf die Geliebte zu, um sie in seine Arme zu schließen, er machte sich vielmehr mit einem der Stallmeister bekannt, lud ihn zum Mittag ein und machte ihn betrunken.

Und dann fragte er:

»Ist Monsieur Louis Mademoiselle Josephinen's Bruder?

»Ja.«

»Ist ... ist Mademoiselle Josephine ein tadelloses, korrektes Weib?«

»O ja, eine feine Dame.«

»Weiß man von ihr ... hat sie ... hm ... jemals ein galantes Abenteuer gehabt?«

»Niemals!«

Alles Blut strömte Herrn Land zum Herzen. Die Geliebte! Mit *seinem* Bilde im Herzen hielt sie sich allen Andern fern! Mit Jubel in der Stimme fragte er weiter:

»Man weiß nicht, *warum* Mademoiselle Josephine so kalt gegen Männer ist?«

»Ach, Monsieur! Sie ist, wie ich schon sagte, eine feine Dame, die sich nicht kompromittiert. Seit fünf Jahren ist sie glücklich mit dem Schulreiter Martin verheiratet und hat ein entzückendes kleines Baby. Sie wissen doch, daß sie Madame Martin heißt? Mademoiselle Josephine ist nur ihr Künstlername. Ist Ihnen nicht wohl, Monsieur? Wollen wir vielleicht gehen?«

Herr Emil Land fuhr sofort nach Hause ohne seine Geliebte wiedergesehen zu haben, und war drei Wochen später mit der Tochter eines Stadtrats in seiner Vaterstadt verlobt.

Der Muster-Geschäftsreisende

Er stand in der Thüre eines Coupés zweiter Klasse mit der feinsten Pelzmütze auf dem Kopf, Ringen an der Hand und gelben Schuhen an den Füßen, in elegantem Reiseanzug, mit hübschem, wohlgefälligem Gesicht, einer goldenen Uhrkette, die auf seinem behaglichen Bäuchlein hing, lachenden Mundes und mit einem Kneifer auf der Nase, in einem Reisemantel, der länger war, als der längste Schlafrock, auf seinen runden, drallen Beinen – wie gesagt, er stand in der Coupéthüre und blickte in die Welt hinaus, als wenn sie ihm gehörte und er auf seinen Verwalter wartete, um ihm Ordre zu erteilen, das Sonnenlicht ein wenig mehr aufzuschrauben oder einige kühlende Winde loszulassen.

Wie er da so steht, erblickt er auf dem Perron einen kleinen, bleichen Mann in schwarzem, etwas verschlissenem Überzieher und einem Cylinderhut, der neuer und moderner hätte sein können und es wohl auch einmal gewesen war. Über der ganzen Erscheinung des kleinen Mannes lag eine Bescheidenheit, als wenn er noch kein Frühstück gegessen hätte, eine Schüchternheit, als wenn er den Stationsvorsteher um Entschuldigung bitten wollte, daß er überhaupt da wäre.

Der Herr in der Coupéthür riß seine Augen auf, streckte mit großartiger Gebärde seine ringgeschmückte Hand vor und sagte mit großer Freundlichkeit:

»Ah, zum Teufel, bist du es wirklich?«

Der bleiche Schüchterne gab zu, daß er es sei.

»Willst du auch mit dem Zug mit, so steig' ein! Ach, es ist wahr, du hast wohl...? Hast du dritter, so kaufe ich das Zuschlagsbillet, damit wir ein bißchen plaudern können!«

»Danke! ich habe schon ›zweiter‹,« sagte der Bescheidene mit kleidsamer Prunklosigkeit und stieg mit ein Paar Beinen hinauf, die ein Menschenfresser seinem Knecht geschenkt haben würde.

»Lieber, alter Schulkamerad!« sagte der elegante Herr und umfaßte ihn, sodaß sein eigener Reisemantel und die Überzieher-Reste des Bleichen in allen Säumen krachten.

»Guten Tag, lieber Hans!« brachte nun der kleine Bleiche vor und sah den Freund mit wohlwollendem Interesse an. »Wie ist es dir denn in all der Zeit ergangen? Gut, wie ich sehe! Habe zwanzig Jahre nichts von dir gehört!«

» *Magnifique*, liebster Bruder! Reise für Carlin & Carlquist in Göteborg, Manufakturwaren. Ohne Konkurrenz, siehst du, absolut ohne Konkurrenzmöglichkeit. Prima Waren und solche Preise, daß ein einigermaßen reeller Käufer die Nacht, nachdem ich bei ihm gewesen, nicht schlafen kann, denn er vermag sich des Gefühls nicht zu erwehren, daß er einen Mitmenschen ausgeraubt hat. Größere Geschäfte schließe ich meist bei einer kleinen Champagnerkneiperei ab, und am Tage darauf läuten sie unaufhörlich am Telephon an und fragen, ›ob es möglich ist? Ob in der Kopie kein Fehler steht?‹ – Dann antworte ich: ›Na zum Teufel, natürlich ist es möglich; aber nur für Carlin & Carlquist im ganzen Weltall!‹

»Aber du siehst so bleich und erfroren aus, mein Junge! Da nimm meine Decke! Hast du schon so etwas einmal gesehen? Kostet ihre runden hundertundfünfundzwanzig netto, du! Nein, die ist nicht von Carlin & Carlquist, das ist ein Andenken, lieber Freund! Es war nachts in einem Schnellzug durch Vestergötland. Nichts sagte sie, und nichts sagte ich. Du fragst: ›Welche sie?‹ Mein Gott, das junge engelschöne Weib, mit dem ich ganz allein in einem Coupé fuhr. Na also, sie sagte nichts, und ich sagte nichts während einer Ewigkeit, Gott weiß, ob es nicht zwanzig Minuten waren. Da sah ich, daß ich auf sie Eindruck zu machen begann, und leitete ein Gespräch ein. Intelligentes Frauenzimmer. Unsere Seelen flossen ineinander, und vor Tagesanbruch hatten sich auch unsere Herzen gefunden. Als man die Deckenlampen ausblies, lag sie in meinen Armen, bleich und außer sich vor Gemütsbewegung infolge meiner brennenden Küsse. Als ich aber von der Zukunft und einem kleinen bezaubernden Heim in einem kleinen Städtchen sprach, zog eine dunkle Wolke über ihre Wangen, und sie vertraute mir an, daß sie seit vier Jahren verheiratet wäre. – Schändlich! sagst du, – Ja, wenn es ein *anderer* Mann gewesen wäre, Freundchen; aber ich weiß, daß die Weiber mir absolut nicht widerstehen *können*! Weiß der Teufel, woran das liegt! Muß wohl in der Frauennatur selbst liegen! Genug, als wir schieden, wollte sie mir durchaus diese Plüschdecke zur Erinnerung geben. Fühle selbst! Feinster echter Seidenplüsch! Sie sagte, es wäre für sie ein so wehmütig holdes Gefühl, zu wissen, daß ihr Liebling im Zuge auf dieser Decke läge und schliefe, die früher ihre eigene kleine Elfengestalt umschloß. Groß und prächtig ist sie, volle zwei Meter in jeder Dimension. – Die Frau? – Ah, pah, die Decke natürlich! Ich fragte sie, ob es keine Hoffnung gäbe, daß er bald sein trauriges Dasein schließe! ... Wer?

... Der *Mann* natürlich! Aber da verfiel sie in Weinkrämpfe und sagte, er hätte vorige Woche seine Lebensversicherung erhöht, ohne Prämienaufschlag!

»Willst du eine feine Cigarre haben? Trinkst du Cognak? Bist du in einer Unfallversicherung? Ich habe nämlich auch eine Agentur für eine schweizerische Aktiengesellschaft, von der ich zu behaupten wage, daß sie die großartigste Institution in ihrer Art auf der ganzen Erde ist. Denke an die Sache! Hier hast du den Prospekt!

»Ob mein Leben nicht beschwerlich ist? fragst du. Na mag sein; aber ich nehme es so unbeschreiblich leicht. Ich habe etwas Vermögen, siehst du. Als ich zu Carlin & Carlquist kam, hatten sie *einen* kleinen Speicherraum und zwei Keller in einer kleinen Gasse. Nun haben sie sechs riesige Speicherräume an der Hafenstraße und zwei große Verkaufsläden. ›Ach, wenn Carlin die Hälfte von Herrn *Lieblings* Fähigkeiten hätte‹ sagte die Frau des einen Chefs zu mir und seufzte, als ich eines Tages bei ihnen zu Mittag war. Sie ist verteufelt verliebt in mich, siehst du, armer Kerl; aber man hat seine Prinzipien, und dann ist sie sechsundvierzig, die alte Hexe.

»Ob ich, wie andere meines Berufs, nicht Unhöflichkeiten und Verdrießlichkeiten ausgesetzt bin? fragst du. Selten bei meinem Wesen und meinem Aussehen. Ich habe so eine Art diesen Detailisten-Jagdhunden gegenüber, siehst du, daß ich allen imponiere, bei denen ich nur eine Minute hineinsehe. ›Unhöflichkeiten‹! Ja, gewiß: einmal ist es mir passiert. Ich machte ein paar Attacken, und dann sagte der Grobian: ›Geh'n Sie zum Teufel! Meine Frau liegt im Sterben!‹ ›Ich, Herr Gott‹ sagte ich. ›Ich darf wohl nicht fragen, was der Gnädigsten fehlt?‹– ›Diphtheritis im letzten Stadium. Sie werden vielleicht angesteckt; ich komme gerade von ihrem Krankenbett! Seien Sie so gut und machen Sie, daß Sie hinauskommen!‹ schrie er mit Thränen in den Augen. – Na, ich hatte ein kleines Verhältnis mit einer verdammt hübschen Modistin am Platz, womit ich zwei Tage herumbringen konnte, und dann trug ich in meiner Brieftasche ein famoses Diphtheritis-Rezept aus meiner grünen Jugend, wo ich in einem Nest den Apothekerlehrling spielte. Na, um eine lange Geschichte kurz zu machen: am Abend des dritten Tages saßen die Frau und er und ich bei einem kleinen, feinen, von mir bestellten Souper im Rathaustunnel in ihrem Krähwinkel. ›Und nun zum Geschäft, Herr Großhändler‹ rief ich, als der Käse und der Portwein aufgetragen wurde. Na, du kannst mir glauben, er kaufte!

»Ob ich niemals daran gedacht habe, mich zu verheiraten? – Ja, sobald ich mich selbständig mache. Jetzt ginge es garnicht! Ein Teil der Geschäfte wird ja von Frauen betrieben, in andern ist die Meinung der Frau ausschlaggebend. Jetzt kaufen sie von mir wie toll, wäre ich verheiratet – gute Nacht!

»Was Teufel glotzt du da auf das Hundevieh auf dem Perron hin? Das ist ja garnichts! Nein, du hättest meinen Carnot sehen sollen, den ich im Frühling vierundneunzig an einen englischen Lord verkaufte, und zwar für siebenhundert Pfund Sterling! Das war ein kluger Kerl! ... Wer? ... Der Hund natürlich. Einmal kam ich nach Cimbrishamn gleichzeitig mit dem Reisenden von Hasselbach. Ich wollte am Morgen ausschlafen und sagte zu Carnot, er solle ›den Kerl da‹ nicht aus seinem Zimmer herauslassen, bevor ich es ihm geboten. Ich fürchtete, er könnte ausgehen und sich einige Ordres ergaunern. Als ich so um elf Uhr in den Korridor hinauskomme, steht Carnot vor der Thüre meines Konkurrenten und zeigt dem Hotelwirt, zwei Kellnern, drei Mädchen, zwei Hausdienern, einem Schutzmann und etlichen Fremden, sowie auch einigen Schnittwarenhändlern der Stadt, mit denen ich Geschäfte machen wollte, die Zähne. Die letzteren lud ich sogleich zu einem kleinen Frühstück ein, und erst als wir unten an der Treppe verschwunden waren, ließ Carnot den von Hasselbach hinaus. Beim Kaffee kam der Schutzmann und sagte mir, ich müßte Strafe zahlen wegen meines gefährlichen Hundes. › *Mein* Hund?‹ sagte ich. ›Ich habe niemals einen Hund besessen!‹ – ›Das werden wir gleich sehen‹ sagte der Schutzmann und ließ Carnot hinein. Da rief ich Carnot auf französisch, was in Cimbrishamn kein Mensch versteht, zu, er solle fremd mit mir thun. Und das liebe Tier knurrte mich an und fuhr so wütend auf mich los, daß die Buffettmamsell, die mich bis zum Wahnsinn liebte, für mein Leben zitterte.

»Eines Morgens, als ich von Herrljunga abreiste, wurde er im Zimmer eingesperrt und mußte dableiben, während ich nach Boraas fuhr. Als ich dorthin kam, telephonierten sie vom Hotel und fragten, was sie mit Carnot anfangen sollten. ›Stellen Sie ihn ans Telephon und halten Sie ihm das Höhrrohr ans Ohr!‹ sagte ich. Nachdem wir uns begrüßt hatten, sagte ich zu ihm deutlich und bestimmt: ›Ich bin in Boraas, mein Junge, und nun ›latsche‹ du hübsch hierher; aber geh' erst auf mein Zimmer und hole meine Zigarrenspitze, die ich auf dem Nachttisch vergessen habe!‹ Am Nachmittag kommt Carnot richtig mit der Cigarrenspitze im Maule in Boraas an.

»Ja, *das* war ein Hund!

»Aber da sitze ich nun und rede nur von mir! Wie geht es dir denn, alter Kamerad? Worauf hast *du* dich denn eigentlich geworfen? Du solltest ja Pastor werden, und schwarz und glattrasiert bist du ja, so daß es nicht unwahrscheinlich ist, daß du deine Absicht erreicht hast; aber fetter bist du darum nicht geworden!«

»Ja, ich bin Pastor geworden,« sagte der Bleiche schüchtern.

»Na, hast du eine eigene Pfarre bekommen? Du bist doch wohl wenigstens Hilfspastor?«

»Ja, das wurde ich auch, aber damit ist es nun vorbei!«

»Ach, Herrje! Armer, armer, lieber Freund! Und ich Schafskopf sitze hier und versuche, einmal ums andere dich mit der Cognakflasche zu verführen! Denn natürlich das Trinken hat dich soweit gebracht? Was bleibt einem auch in der Einsamkeit auf dem Lande! Aber zum Teufel, konntest du dich nicht wenigstens am Sonntag beherrschen?«

»Das scheint fast so. Es war nämlich etwas, was ich an einem Sonntag machte, was mich für immer von meinem Hilfspastorenposten trennte!«

»Bist du verrückt, Mensch! Was um Himmelswillen machtest du denn? Schlugst du dem Glöckner den Schädel ein? Sangst du ein Trinklied in der Kirche oder küßtest du die Frau eines Gemeindemitgliedes?«

»Nein, ich hielt nur Probepredigt um die Dompropstei und ...«

»Was ... was ... na und ...«

»Ja, es ging gut, ich bekam die Stelle!«

»Ach ... Deixel ...! Das muß doch in den Blättern gestanden haben! Das kommt davon, wenn man in der Regel nichts Andres, als die Witzblätter liest! Höre, da will ich dir und deiner lieben Dompropstin einen Dienst für mehrere hundert Kronen im Jahr leisten. Ihr sollt eure Sachen von Carlin & Carlquist beziehen! Wir verkaufen ja eigentlich nicht an Privatpersonen, aber bei *dir* machen wir schon einmal eine Ausnahme ... Portièren, die nicht ihresgleichen haben an Pracht und Billigkeit, Möbelstoffe, die dir fünfundzwanzig Jahre halten. Kann dir auch sogar Weine verschaffen! Warum sollst du dich von einem andern angaunern lassen! Und dann bekommst du durch mich eine feine Versicherung bei der Schweizer Aktiengesellschaft... Mußt du hier aussteigen? So! Na, habe mich sehr gefreut, dich zu sehen! Grüße deine Dompropstin und gieb ihr diesen Preiskourant. Alles Primaware und zu den billigsten Preisen!«

Kleinigkeiten

Einige Kleinigkeiten hatten bewirkt, daß Eva Andersson und Karl Petersson dahin gekommen waren, einander für »Zeit und Ewigkeit« anzugehören.

Erstens hatte Eva, als sie Karl zum erstenmal sah, noch nicht mehr, als drei Herren, in der Nähe gesehen: Ihren Papa, den Kreistierarzt und den Propst in der Kirche. Aber Papa war nun tot, der Kreistierarzt schon verheiratet, als Eva erst zwölf Jahre alt war, und der Propst zwar Witwer, aber 63 Jahre älter, als Eva.

Da traf sie Karl Petersson in einem Sommerpensionat in Smaaland, wo sie zur Erholung weilte, und sich sonst nur verheiratete Herren, Rheumatiker und Weiberfeinde oder Unmündige, Verlobte oder solche Herren befanden, die im Staatsdienst standen, aber infolge der weisen Avancements-Verhältnisse ihres Landes nicht hoffen konnten, in den nächsten zwanzig Jahren den Lebensunterhalt für ein Menschenpaar zu verdienen.

An einem schönen Tage waren sie und Karl Petersson – er war Landwirtschaftsingenieur mit 4000 Kronen Jahresgehalt – draußen und gingen im Walde harmlos spazieren.

Wäre das Wetter schön geblieben, wäre vielleicht nichts weiter passiert, sie wären jeder seinen Lebensweg gegangen, hätten sich aus dem Gesicht verloren und im Alter, wenn sie zufällig von einander reden hörten, mit halb zerstreutem und halb sinnendem Ausdruck im Gesicht gesagt: »Ja so, der! Ja, so die!«

Aber nun kam ein starker Platzregen, und die beiden jungen Leute mußten in einen kleinen Holzschuppen flüchten, der dazu bestimmt war, dem Schaf vor den Gefahren des mystischen Nachtdunkels Schutz zu gewähren.

Da standen sie dicht beieinander, während der Platzregen auf das Dach herabdonnerte, und das Wasser auf allen Seiten herabgoß, und kleine nasse Tropfen auf dem jungen, frischen Gesicht des Mädchens und in ihrem Haar funkelten. In einer Ecke lag das Schaf, das Schutz gegen das Unwetter gesucht hatte, wiederkäuend. Das junge Lämmchen saugte an dem Saum von Eva's Kleid, und vom nahen Dorfe vernahm man den energischen Protest eines Ferkelchen dagegen, daß man es seines jungen Lebens berauben wollte zur Befriedigung der Eßbedürfnisse der feinen Sommergäste.

Aber der Tod hat seine Gesetze, wie das Leben. Am nächsten Tag war Markt, und der Bauer brauchte Geld; die Klagen des kleinen Schweinchens gingen allmählich in ein weiches Adagio über, der Regen hörte auf, die Sonne guckte wieder hervor, nasse Tropfen glänzten gleich imitierten Diamanten, auf den Bäumen, die Vögel probierten vereinzelte Töne, das Lämmchen verzichtete darauf, länger zu saugen, sondern legte sich hin und guckte Eva mit milden, freundlichen Augen an.

Die Luft war reich ozonhaltig, die Natur atmete gleichsam leichter nach dem Bade, das Birkenlaub und Evas Haar dufteten, und von den beiden jungen Leuten war noch keiner dreißig Jahre alt.

All das waren ja Kleinigkeiten, aber zusammen von starker Wirkung. Wie von einer unwiderstehlichen Naturgewalt getrieben, begannen Eva Andersson und Karl Petersson sich zu küssen, ließen plötzlich alle Titulaturen beiseite, umarmten sich und flüsterten, daß sie sich schon lange, lange geliebt hätten.

Sie verließen die Schafhütte mit armumschlungen. Das Schaf sah ihnen mit vielsagendem Ausdruck nach.

Sie konnten ihre Erregung nicht verbergen, als sie nach Hause kamen und sich dem Spinat mit Schinken und einer mangelhaft geronnenen Schüssel saurer Milch widmen sollten.

Alle siebenunddreißig übrigen Sommergäste warfen ihnen fragende Blicke zu. Ganz einfach zu sagen, es wäre garnichts geschehen, ging nicht an; aber ihr holdes Geheimnis mußte um jeden Preis gewahrt werden.

Der Preis wurden zwei kleine Lügen.

Karl sagte sieben Herren, daß er einen Wechsel für jemand anders hätte einlösen müssen. Eva behauptete, einen Goldring verloren zu haben, den sie von ihrer Großmutter bekommen hätte.

»So was ist verdammt unbehaglich!« sagten die Herren.

»Ach, wie unangenehm!« bedauerten sie die Mädchen.

Nähere Bedingungen über den in der Schafhütte geschlossenen Bund waren nicht aufgesetzt. Nur über die Zeitdauer war man leicht einig gewesen: Sie sollten einander »für Zeit und Ewigkeit« angehören!

Übrigens habe ich niemals von einer anderen Kontraktzeit für derartige Übereinkünfte gehört. Doch das hinderte nicht Herrn Karl und Fräulein Eva, zwei Monate und drei Tage nach ihrer geheimen Verlobung sich zornentbrannt Angesicht zu Angesicht gegenüber zu stehen in der »guten Stube« bei Evas Mama, die euphemistisch »Salon« genannt wurde, obwohl Schwester Emilie nachts darin schlief.

Die Wangen beider glühten, und häßliche Worte entfuhren ihren Lippen, die in diesem Augenblick nichts von Kußapparaten an sich hatten.

Sie hatten einander allerlei vorzuwerfen, nur Kleinigkeiten, natürlich, aber aus Kleinigkeiten besteht ja das Leben. Große Ereignisse mögen die Geschichtsumwälzungen hervorrufen, im Schicksal der Individuen haben Worte, die man irgendwo aufgefangen hat, Briefe, die mit dem Schnupftuch aus der Tasche gezogen sind, die unerwartete Heimkehr eines Gatten, Dienstmädchengeschwätz und Kaffeeklatsch, unvorsichtige Worte, ein unbedachter Scherz und der momentane Zustand des Magens weit größeren Einfluß ausgeübt.

Karl warf Eva vor:

»Daß sie auf einem Ball, dem er verhindert war, anzuwohnen, sehr lustig und sehr liebenswürdig gewesen sei. Daß ihr Papa ihn in der Politik hätte belehren wollen. Daß sie zu interessiert bei einem Gespräch mit Stadtkämmerer Jansson ausgesehen habe, einem Gespräch, das außerdem viel zu lange gedauert habe. Daß sie ihre Mama mitnehmen wollte, wenn sie nach der Bezirksstadt fuhren, um sich Möbel anzusehen« – und ähnliche ganz unbedeutende Kleinigkeiten!

Eva aber hatte nur das gegen Karl: »Daß er ihr nichts davon erzählt hatte, daß er schon zweimal verlobt gewesen wäre, sondern ihr gesagt hätte, er habe nur sie geliebt. Daß er im Geheimen schnupfte und nicht versprach, es sich abzugewöhnen. Daß er einen mit kleinen Tierchen behafteten Hühnerhund hätte, der Mamas

Divandecke Besuche abstattete, die dadurch für Mama selbst zum Mittagsschlaf ganz unbrauchbar würde, woher Mama schon ganz leidend und nervös sei. Daß er den längsten Weg gegangen sei, als er seine Cousine Mathilde von einem Souper nach Hause begleiten sollte. Daß er der ›gräßlichen‹ Lina Bodell – Evas ›bester Freundin‹ – gesagt habe, sie wäre ganz reizend und kleidete sich ganz bezaubernd.«

Lauter Kleinigkeiten!

Und nun war alles zwischen ihnen aus, und nun sollten sie »für Zeit und Ewigkeit« scheiden und alle Erinnerungen begraben, und alle Geschenke zurückgegeben werden.

Auch lauter Kleinigkeiten!

Er mußte ihre Geschenke mit einem Dienstmann schicken, sie sandte die seinigen mit ihrem stets schmierigen Dienstmädchen zurück.

Unter den letzteren befand sich auch ein Porträt ihres ungetreuen Schatzes, das Spuren davon trug, daß auf seinem Rande eine »Kleinigkeit« geschrieben gewesen, die später sorgfältig mit Bleistift übermalt war.

Nicht nur die Damen sind neugier ... hm ... wißbegierig.

Er besaß einen Radirgummi und wandte das für Bleistift bestimmte Ende an, bis er lesen konnte, daß darunter deutlich wahrnehmbar mit Tinte geschrieben stand: »O du mein lieber, lieber kleiner Liebling!«

Offenbar waren die Worte zu einer Zeit geschrieben, da noch alles gut und friedlich zwischen ihnen war, obgleich sie sich nun ihrer schämte.

Die Worte waren ja nicht gerade genial, und Evas Gedankenwelt schien keine allzugroße und weite zu sein; aber es hatte den Anschein, als wenn sie etwas für Karl Petersson empfunden hatte, als sie sie schrieb.

Und Karl fühlte sich geschmeichelt, gerührt, sein Herz wurde warm und reuevoll nur durch diese paar einfachen, kleinen Worte; er ergriff seinen Hut, lief auf der Straße zwei ältere Witwen über und kniete dann drei Minuten später vor Eva und bat sie, mündlich zu wiederholen, was sie auf der Karte geschrieben hatte.

Sie that es.

Karl sagte, daß alles, warum sie sich gestritten hätten, ja nur Kleinigkeiten wären.

Eva schluchzte und meinte, winzigere Kleinigkeiten, als die Gründe ihres Verdrusses hätte sie niemals gesehen oder sich denken können.

Sich gegenseitig verzeihen, war unter solchen Umständen natürlich auch ... eine Kleinigkeit.

Nun hat die unterbrochene »Zeit und Ewigkeit«, die sie einander lieben sollten, wieder angefangen, nach Kalenderjahren zu zählen.

Eva und Karl sind seit vier Monaten verheiratet, und die Mühseligkeiten des Lebens erscheinen ihnen bei einer Liebe, wie die ihrige, als Kleinigkeiten.

Gestern kam Karl von seinem Bureau nach Hause, schlich sich hinter Eva hin, küßte ihren weißen Nacken und verriet Lust, den ganzen Abend den Bräutigam zu spielen.

Sie stieß einen leichten Schrei aus und verbarg schnell mehrere weiße, halbfertig genähte kleine Sachen, die für ein kleines Menschlein bestimmt zu sein schienen.

»Was ist denn das?« fragte Karl.

»Nur einige Kleinigkeiten, die du nicht zu sehen bekommst,« sagte Eva schelmisch.

Aber er ergriff sie doch, küßte sie, und die Hände, die daran arbeiteten, lachte, jauchzte, jubelte und weinte.

Die ganze Summe des Lebens besteht meist aus Kleinigkeiten.

Der dumme Disponent.

Gustav Felldin war zweiunddreißig Jahre alt, ein großer, kräftiger, flotter Mann mit ziemlich auskömmlichen Einkünften, die ihm seine Stellung als Disponent einer gutgehenden Ziegelfabrik brachte.

An einem schönen Junitage kam er im neuen Sommeranzug einen herrlichen Fußweg entlang, um *en famille* auf dem schönen Rittergutshof Eckenfelde Mittag zu essen. Er liebte die Tochter des Hauses, und der Gutsherr, Major Brundin, zugleich Direktor der großen Ziegelfabrik, war sein besonderer Gönner, da er am besten auf der ganzen Welt wußte, was für ein überaus tüchtiger und gewandter Disponent Herr Gustav Felldin war.

Aber der Disponent war heute zu Tode betrübt und wünschte, er läge tief im Grabe. Er wurde auch um nichts froher, als ihn alle herzlich begrüßten, und er an der reichbesetzten Tafel Platz nahm; denn er starrte immer nur nach einem andern Herrn in der kleinen Gesellschaft hin, der alle seine äußern Vorzüge um fünfzig Prozent Erhöhung besaß, überdies sehr reich und Besitzer eines Fideikommisses war, den Titel Baron führte und Philipp von Sternschild hieß, eine Art Vetter der Majorin Brundin. Er hatte Fräulein Agnes Brundin zu Tisch geführt und sah sie mit Blicken an, die keinen Zweifel darüber ließen, daß er die Gefühle des Herrn Felldin teilte.

Der Baron weilte seit vierzehn Tagen als Gast auf Eckenfelde, und Felldin fühlte, daß einer von ihnen auf dieser Hälfte der Erdkugel überflüssig wäre. Und dieser eine – das glaubte er einzusehen – war eben er selbst. Alle umkreisen den Baron wie die Planeten die Sonne. Fast jeder guckte ihn zwischen jedem Gabelbissen, den man nahm, an, und Fräulein Agnes schien sich nicht am wenigsten für ihn zu interessieren. Der sonst so steife Major erwies ihm eine erstaunliche Aufmerksamkeit, und die Majorin machte ihm förmlich den Hof. In seinem Siegesrausch erhob der Baron aber plötzlich sein Glas mit den wohlwollenden Worten: »Herr Disponent Felldin!«

Felldin wurde glühend rot, als er mit seinem Glase dankte, und sah Agnes glücklich lächelnd an der Seite des Barons sitzen, gerade so, wie sie gewiß recht bald beim Hochzeitsmahl in diesem selben Saal sitzen würden.

Bei diesem herzzerreißenden Gedanken empfand Felldin nur einen geringen Trost in dem Gelübde, das er sich im Stillen ablegte, bei jenem Mittagsmahle nicht dabei zu sein. Selbst die jüngeren Schwestern von Agnes, von denen neben Felldin auf jeder Seite eine saß, begannen zu verstehen und warfen schelmische Blicke auf Schwester Agnes.

Nach dem Essen begab sich Felldin in den Park hinaus, obwohl die Gesellschaft so klein war, daß seine Abwesenheit bemerkt werden mußte. Als er an der Küchenveranda vorbeikam, hörte er, wie die Köchin voll größten Erstaunens ausrief:

»Nee, wat in aller Welt seggst de, Lina! Is es denn nich bi'm Mittag bekannt gegewe?«

Wie innig er auch Fräulein Agnes liebte und wie gut er auch seine Gefühle vor ihr verborgen zu haben glaubte, er hatte sich bis dahin doch nicht ganz ohne Hoffnung geglaubt. Der Major war nicht reich, seine ökonomische Wohlfahrt hing von der Fabrik ab, und der Gang dieser beruhte so ziemlich auf Felldins Thätigkeit. Nach Jahren treuen Fleißes konnte es vielleicht geschehen ... Aber nun war alles vorbei! Er hatte wohl manchmal geglaubt ... Nun war es vorbei!

Zum Glück war ihm weit von hier eine glänzende Stellung angeboten. Vor einigen Wochen hatte er den Brief gleichgültig beiseite gelegt. Nun wollte er auf das verbindlichste dorthin schreiben und um nähere Mitteilungen bitten.

»Nein, aber was thun Sie denn hier? Kommen Sie doch zu uns hinauf auf die Veranda und trinken Sie mit uns Kaffee,« erklang plötzlich eine frische und fröhliche Stimme dicht neben ihm, und Fräulein Agnes trat hinter einem Gebüsch hervor.

Sie sah froh und schelmisch aus. Ihre großen, dunklen Augen blitzten, und es lag wie ein Schimmer über dem braunen Haar. War sie wirklich hergelaufen, um ihm zu zeigen, wie siegesfroh sie war? So sieht ja nur ein überglückliches Weib aus, wenn es am Ziel seiner Wünsche steht.

»Verzeihen Sie, aber ich empfand den unwiderstehlichen Drang, ein Stück durch den schönen Park zu gehen, an den sich für mich so viele liebe Erinnerungen knüpfen. Vielleicht bald nur Erinnerungen!«

»Wieso?«

Und dann entschlüpften ihm gegen seinen Willen seine neuen Pläne: er wolle fort. Im ersten Augenblick sah sie ein wenig erstaunt aus, dann kam etwas Forschendes in ihren Blick und schließlich ein froher, fast neckischer Ausdruck in ihr Gesicht, während sie auf seine etwas zu heftigen, ein wenig stammelnden Äußerungen lauschte.

»So! Na, kommen Sie nun!« unterbrach sie ihn kurz.

Kein Wort des Bedauerns! nicht einmal eines des Erstaunens! O, wie egoistisch sie in ihrem Glück war!

Mit bitterem Gefühl nahm er in der am Kaffeetisch versammelten Gesellschaft seine Beobachtungen wieder auf. Der Baron und Agnes waren fast untrennbar. Als Felldin einmal zu ihr aufsah, begegnete er ihrem Blick, der nun wieder den frohen Ausdruck hatte, der sich für ihn fast wie Hohn ausnahm.

Hatte sie das Geheimnis seines Herzens erspäht und genoß es mit der niedrigen Freude der Koketterie? Es sah fast so aus.

**

In dieser Nacht schlief Gustav Felldin wenig; Fräulein Agnes aber schlummerte in holdem Rosentraum, nachdem sie erst lange beim Kämmen ihrer dunklen, funkelnden Haare am Fenster gestanden und mit einem Glücksschimmer über den warmen, roten Lippen und glühenden Wangen in den Abend hinausgeblickt hatte.

Sonst hatte Disponent Felldin sich fast jeden Tag, wenn auch nur für kurze Zeit auf Eckenfelde sehen lassen, da er auf dem schönen Fußweg von der Fabrik in wenigen Minuten dorthin gelangen konnte. Jetzt blieb er fast eine Woche fort.

Dann trafen er und Fräulein Agnes sich auf dem kleinen Fußweg an einem Tage, da die Sonne warm schien und die Birken nach dem Regen dufteten. Er grüßte artig, aber finster, und wollte still vorbeigehen. Da vertrat ihm Fräulein Agnes den Weg, indem sie sich mit beiden Händen auf ihren Sonnenschirm stützte und ihm gerade in die Augen blickte.

»Warum machen Sie sich unsichtbar, Herr Disponent?«

»Weil man sich hüten muß, sich zuviel einem Glü ... einem Genuß hinzugeben, den man bald wird entbehren müssen.«

»Warum beharren Sie denn darauf, den Ort zu verlassen, wenn er Ihnen ein Glück ... ein Wohlbehagen bieten kann?«

»Das Wohlbehagen, das ich immer auf Eckenfelde empfunden habe, dürfte vielleicht leiden unter Veränderungen, die da bevorstehen. Ich bitte um Verzeihung, wenn ich unzart erscheine; aber ich meine, ein glücklicher Mensch braucht nicht erzürnt zu werden, wenn ein anderer ihm verrät, daß er von seinem Glücke weiß!«

»Bei uns daheim bleibt alles beim Alten, soviel ich weiß!« erwiderte sie ruhig.

Er sah fragend zu ihr auf, aber wenn es sein Leben gegolten hätte, er hätte kein Wort hervorbringen können.

Sie ging auf dem Stege weiter, und er folgte ihr unbewußt, wie unter einer Suggestion.

»Sie glaubten gewiß, daß noch jemand fortgehen würde?«

Er sah so aus, als wenn er es geglaubt hatte. Dann fiel ihm aber der seltsam frohe, halb neckische Schimmer, den er schon zweimal in ihren Augen gesehen hatte, ein, und er wurde von Angst ergriffen, sie könnte sich nur vorgenommen haben, mit klaren, deutlichen Worten bestätigt zu erhalten, was er bereits verraten hatte. Aber zugleich bäumte sich sein männlicher Stolz auf. Hatte sie sich doch sogar soweit herabgelassen, ihre Verlobung zu verleugnen, nur um sein Bekenntnis herauszulocken. Nun wohl, dann sollte sie auch noch dies Vergnügen haben, aber in einer Form, daß sie begriff, er hätte die ganze Zeit klar gesehen und sich nicht dadurch demütigen wollen, daß er, wie ein Bettler, klagte. Und so begann er dann plötzlich frei heraus zu reden:

»Ja, gnädiges Fräulein, ich war wirklich thöricht und kühn genug, darüber zu trauern, daß jemand, den zu sehen meine höchste Freude war, und den besitzen oder erringen zu können ich mir eingebildet habe, von dem alten Eckenfelde fortziehen sollte. Aber da ich

Sie nie mit meinem Klagen belästigen wollte, weiß ich nicht, was Ihnen das Recht giebt, einem Gefühl, das Ihnen niemals kränkend genaht ist, mit Hohn zu begegnen –«

»Sie phantasieren, ich habe Sie niemals verhöhnt!« flüsterte sie.

»Glauben Sie denn, ich sah nicht die Befriedigung, die aus Ihren Augen leuchtete, als Sie sich vor mir neulich in Ihrem ganzen, jungen, großen Glück zeigten, das offenbar dadurch noch erhöht wurde, daß ich von hier fort wollte, eine Nachricht, die Sie ohne jedes noch so konventionelle Interesse aufnahmen, nur mit einem Lächeln, das Ihren Triumph ausdrückte. Warum *lächelten* Sie damals, Fräulein Brundin?«

Sie blieb stehen, richtete sich in voller Größe auf, sog in einem langen Atemzuge allen Birkenduft, alle Lebenslust, die sie umwallte, ein, lachte wieder, streckte die Arme nach ihm aus und jubelte:

»Weil ich erst da völlig wußte, daß du mich liebtest, du großer, du langer, dummer, lieber Mann, du!«

So ist das Leben.

Der Kandidat med. Eberhard Berg, der bald seinen Doktor machen sollte, stand in dem Empfangszimmer seiner zweizimmerigen Wohnung in Stockholm und packte seinen Reisekoffer.

Es handelte sich um die froheste Fahrt, die er noch in seinem ganzen 32jährigen Leben gemacht. Er sollte zu »ihr« Hinreisen, die sein Herz erobert hatte. In der verborgensten Tasche seines Portemonnaies trug er das sogenannte »goldne Band,« das er morgen Abend an ihren Finger stecken wollte. Ach wie dumm die Menschen doch sind! »Goldnes Band!« Altes, häßliches, triviales Wort! Ein Siegeszeichen, eine Trophäe war es, dieses kleine Ding, das er noch einmal, mitten im Tumult des Einpackens hervorzog und leicht liebkoste.

Es war im Juni, und der Glanz des Frühsommers lag über seinem ganzen Dasein. Er war jung und frisch und stark, voll Begeisterung für den Beruf, den er erwählt, seine äußeren Verhältnisse waren derart, daß er seine Studien ohne Schulden abschließen konnte, und seine Braut besaß eine Erbschaft, die sie in Stand setzen würde, recht bald ihr eigenes Heim zu begründen, auch wenn seine Praxis im Anfang nicht sonderlich einträglich werden sollte.

Vierundzwanzig Stunden später würde er bei ihr sein, dort hoch oben in Nordland.

Aber seltsam! Kandidat Bergs schönes, männliches Gesicht strahlte doch nicht jenes frohe Entzücken wieder, das man bei so günstigen Umständen hätte erwarten können. Während Freudenblitze aus seinen großen, blauen Augen leuchteten, zogen schwere Wolken über sein Gesicht, und während er hier und da den Refrain einer lustigen Melodie trällerte, drangen schwere Seufzer aus seiner sich stark hebenden und senkenden Brust hervor. Eberhard Berg war nämlich ein ganz ungewöhnlicher junger Mann und angehender Arzt. Erstens hatte er ein Gewissen, leicht beweglich, wie das einer jungen Konfirmandin, und zweitens war er solch ein Vollblutidealist, etwas ganz Seltenes unter den jungen Ärzten.

Es war eine Erinnerung vom letzten Sommer, eine äußerst ideale Erinnerung, die seiner Brust Seufzer entpreßte und seine Stirn mit Wolken überdeckte.

Er hatte sich damals draußen am Seestrande eine Bodenkammer in einer Fischerhütte gemietet, um in vollem Ernst und ganz ungestört sich solchen Studien widmen zu können, die keine Kliniken und Anatomiesäle erforderten.

Aber der Fischer, dem die Hütte gehörte, hatte eine zwanzigjährige Tochter, ein stattlich schönes Mädchen, der richtige sogenannte Ingeborg-Typus mit »Locken, wie Gold, und Augen blau«, und in diesen Augen las Eberhard Berg während des Sommers so eifrig, daß ihm nur ganz wenig Zeit blieb, in den Büchern zu lesen.

Er liebte sie warm, innig und rein, er liebte sie, wie ein Vollblutidealist liebt, machte Verse auf sie und hielt sich selbst Strafpredigten, wenn er es bisweilen nicht hatte unterlassen können, sie draußen im Hag auf seine Knie niederzuziehen und die strahlenden Augen und leicht erbebenden Lippen zu küssen.

Sie ließ es mit kindlicher Widerstandslosigkeit geschehen, die ihn die ganze Größe ihrer vollkommenen Unschuld und Naivität ahnen ließ, und sie nahm das Geld und die anderen Gaben, die er ihr hinterließ, ohne Protest und Gewinnsucht, wie ein Kind Beeren oder Schiffchen annimmt.

Er hatte ihr kein Gelübde gegeben, und sie hatte keines gefordert. Wenn er sie flüsternd fragte, ob sie ihn liebe, schmiegte sie sich nur still an seine Brust. Sie wußte in einer bezaubernden Weise zu schweigen, das geliebte Wesen, die beredter war, als alle weiblichen Liebesworte auf Erden.

Nicht alle Vollblutidealisten bethätigen in ihrem Leben so getreu ihre Weltanschauung, wie er. Aber Eberhard Berg bezwang den Sturm in seinem siedenden Blut, bot seine ganze Willenskraft auf, nicht »ihre Seele zu besudeln,« und machte sich schon Vorwürfe wegen eines Kusses und einer Liebkosung.

Es war ja sein Eigentum, um das er so besorgt war, denn sie sollte seine Frau werden, so wahr es einen Gott im Himmel gab. Er wollte es ihr *jetzt* noch nicht sagen, es sollte ganz plötzlich kommen, wenn der Gedanke bald ausgeführt werden konnte; er wollte sie nur mit dem unlösbaren Bande der Hingebung an sich fesseln, und er sah so deutlich, daß er das gethan hatte. Als sie im Herbst beim Abschied in Thränen ausbrach, lag sie wie eine gebrochene Rose in seinem Arm, und als er dann spät im Oktober sich von den Studien losriß und hinausfuhr und sie auf ein paar Tage besuchte, war sie blaß geworden und abgemagert aus – Trauer um ihn.

Wie glänzten nicht ihre Augen, als er versprach, nächsten Sommer wiederzukommen. Dann ... – –

Und *nun* war es Sommer! Nun war die Zeit für ihn gekommen, zu seiner Strandhütte zurückzukehren. Nun ging sie draußen umher und wurde von Sehnsucht, von Unruhe und Hoffnung verzehrt, ihn jetzt bald vom Deck des Dampfboots ihr zuwinken zu sehen.

Und nun würde er *nicht* kommen ... gar nicht ... niemals mehr ... Und seine kleine Strandblume würde hinwelken und sterben. Sie gehörte nicht zu jenen Mädchen, die sich nach einem solchen Schlage wieder aufrichten und trösten ...

Er reiste nun zu jener, die an Bildung und gesellschaftlicher Stellung seinesgleichen war, zu ihr, die in einigen kurzen Wintertagen dort oben in Nordland die Strandblume in seiner Erinnerung völlig verblassen ließ, und er war ja sehr, ganz unsäglich glücklich, nur diese bohrenden Selbstvorwürfe ließen ihm keine Ruhe. Was hätte er nicht dafür gegeben, wenn er sie niemals gesehen, wenn er sie durch das Feuer, das er in ihrem Herzen entzündet, niemals unglücklich gemacht hätte, sie, die er noch vor wenigen Monaten so lieb gehabt.

Vergebens sagte er sich selbst, nicht einer unter tausend Männern hätte, wie er, empfunden, alle Welt hätte über seine Schwärmerei und überspannten Phantasieen gelacht. Ihr war ja »kein Schaden« zugefügt, er hatte kein Gelübde gebrochen. Was half ihm das alles, da er doch fühlte, daß er selbst niemals zu dieser niedrigen, rohen Anschauung herniedersteigen könnte.

So, nun war eingepackt, und nun nur noch eine Stunde im Dienste der Pflicht, eine Runde unter der Führung des Meisters in einem Hochquartier des Leidens, der Gebäranstalt Gethsemane, wo hauptsächlich solche, die kein offizielles Recht auf Mutterfreuden hatten, doch deren Schmerzen auskosten durften.

Der Professor begann die Runde, sprach und demonstrierte ein paar Fälle von langwierigem Kindbettfieber, da ... plötzlich wich alle Farbe aus Eberhard Bergs Gesicht, und seine Füße drohten zu versagen. Dort lag seine – Strandblume!

Ob sie, als die Runde zu Ende war, ein Zeichen des Wiedererkennens gab, als sie an ihrem Bett vorbeikamen, weiß er noch heute nicht, nur daß er sich dann wieder allein in den Krankensaal hineinschlich, die Wärterin hinausschickte, sich aus einen Stuhl am Bett der »Strandblume« setzte und flüsterte:

»Eline ... so muß ich dich wiedersehen!«

»Ja, Harr Jesses, lieber Harr Kandedat, dat is e Elend!«

»Wer hat dich in diese Lage gebracht?«

»Na, des Lotsens Söhn to Hus uff de Insel!«

»Wie ... wie lange hast du mit ihm verkehrt?«

»De Harr Kandedat fragen ... Jo, wir sind gute Freinde gewesen, so zwee Johre, und dann mußt es so onglöcklich kommen, dat ik ...«

»Zwei Jahre! ... Dann sind Sie jetzt also verheiratet?«

»I no, Harr Jesses, wenn wir nur hätte hirate könne!«

Eberhard Berg strahlte plötzlich auf und fühlte sich sichtbar erleichtert. Er hatte seine Reisekasse bereits bei sich, und wußte, es würde ihm keine Schwierigkeit bereiten, Ersatz dafür zu bekommen, und sein Herz floß vor Dankbarkeit gegen die Vorsehung über.

Er leerte seine Brieftasche und sein Portemonnaie in ihre etwas abgemagerten Hände.

»Reicht es, Eline?«

»Jo, Harr Jessas, jo, dat glob' ick wohl. Gott segne den Harrn Kandedat! Dat is, wie ik im Sommer Joseph seggt, als er eifersüchtig wor, denn er häwte den Harrn Kandedat mit mir im Hag gehen geseh'n! Na, na, beruh'ge dir man, seggt ik, denn so 'n finer Herr kömmt niemals nich mehr to uns. Tusend Dank! Ik kann nur nich begrieve, wie Se so frindlich sein können!«

»Na, adieu denn, Eline!«

»Adies, adies! Und ville Dank vor all Ihre Güte und Frindlichkeit gegen mi Arme!«

Als Herr Kandidat und künftiger Dr. Eberhard Berg zu seiner gepackten Reisetasche nach Hause ging, drehten sich die Leute auf der Straße nach ihm um, denn er eilte mit elastischen Schritten und stolzer Haltung, wie ein Triumphator, dahin, sein Gesicht strahlte vor Freude, und seine Lippen und Augen lachten.

Als er die Thüre zu seinem Zimmer öffnete, stand darin seine alte Aufwärterin. Er faßte sie, schwang sie drei-, viermal im Kreise herum und schrie: »Frau Grönlund, haben Sie schon einmal einen glücklichen Menschen gesehen? Dann gucken Sie mich an!«

Als er am Abend nach Nordland abdampfte, stand er erst eine Weile am Coupéfenster und murmelte halb schwärmerisch, halb philosophisch vor sich hin: »Ja, ja, so ist das Leben!«

Und dann nahm er aus seiner Brieftasche eine Photographie heraus, küßte sie zärtlich und rief: »Aber schön, herrlich und froh, trotz alledem!«

Über tredition

Eigenes Buch veröffentlichen

tredition wurde 2006 in Hamburg gegründet und hat seither mehrere tausend Buchtitel veröffentlicht. Autoren veröffentlichen in wenigen leichten Schritten gedruckte Bücher, e-Books und audio-Books. tredition hat das Ziel, die beste und fairste Veröffentlichungsmöglichkeit für Autoren zu bieten.

tredition wurde mit der Erkenntnis gegründet, dass nur etwa jedes 200. bei Verlagen eingereichte Manuskript veröffentlicht wird. Dabei hat jedes Buch seinen Markt, also seine Leser. tredition sorgt dafür, dass für jedes Buch die Leserschaft auch erreicht wird.

Im einzigartigen Literatur-Netzwerk von tredition bieten zahlreiche Literatur-Partner (das sind Lektoren, Übersetzer, Hörbuchsprecher und Illustratoren) ihre Dienstleistung an, um Manuskripte zu verbessern oder die Vielfalt zu erhöhen. Autoren vereinbaren direkt mit den Literatur-Partnern die Konditionen ihrer Zusammenarbeit und partizipieren gemeinsam am Erfolg des Buches.

Das gesamte Verlagsprogramm von tredition ist bei allen stationären Buchhandlungen und Online-Buchhändlern wie z. B. Amazon erhältlich. e-Books stehen bei den führenden Online-Portalen (z. B. iBookstore von Apple oder Kindle von Amazon) zum Verkauf.

Einfach leicht ein Buch veröffentlichen: **www.tredition.de**

Eigene Buchreihe oder eigenen Verlag gründen

Seit 2009 bietet tredition sein Verlagskonzept auch als sogenanntes "White-Label" an. Das bedeutet, dass andere Unternehmen, Institutionen und Personen risikofrei und unkompliziert selbst zum Herausgeber von Büchern und Buchreihen unter eigener Marke werden können. tredition übernimmt dabei das komplette Herstellungs- und Distributionsrisiko.

Zahlreiche Zeitschriften-, Zeitungs- und Buchverlage, Universitäten, Forschungseinrichtungen u.v.m. nutzen diese Dienstleistung von tredition, um unter eigener Marke ohne Risiko Bücher zu verlegen.

Alle Informationen im Internet: **www.tredition.de/fuer-verlage**

tredition wurde mit mehreren Innovationspreisen ausgezeichnet, u. a. mit dem Webfuture Award und dem Innovationspreis der Buch Digitale.

tredition ist Mitglied im Börsenverein des Deutschen Buchhandels.

Dieses Werk elektronisch lesen

Dieses Werk ist Teil der Gutenberg-DE Edition DVD. Diese enthält das komplette Archiv des Projekt Gutenberg-DE. Die DVD ist im Internet erhältlich auf **http://gutenbergshop.abc.de**